Im kleinen wilden Schnergenland

Veronica Cossanteli wuchs in Hampshire und Hongkong auf. Sie arbeitet in einer Grundschule in Southampton. Mit ihrer Neuerzählung des Klassikers von E.A. Wyke-Smith holt sie den Stoff in die heutige Zeit.

Paddy Donnelly ist ein irischer Illustrator, der heute in Belgien lebt. Er liebt es besonders, malerisch zu arbeiten, und versucht stets, seiner Arbeit einen Hauch von Humor zu verleihen. Er wünschte, Pluto wäre noch ein Planet.

E.A. Wyke-Smith (1871–1935) führte überwiegend das Leben eines Weltenbummlers und Abenteurers. *The Marvellous Land of Snergs* (1927) war sein letztes Buch, dem heute besondere Bedeutung zukommt, weil es J.R.R. Tolkien zu seinem berühmten Klassiker *The Hobbit* inspirierte.

Mehr über unsere Bücher, Autor*innen und Illustrator*innen auf:
www.thienemann-esslinger.de

Veronica Cossanteli

Im kleinen wilden Schnergenland

Neu erzählt nach einem Roman von
E. A. Wyke-Smith

Aus dem Englischen von
Uwe-Michael Gutzschhahn

Mit Bildern von Paddy Donnelly

Thienemann

Für Xander mit Dank für so viel Lachen während der ganzen Zeit und für die vielen Spaziergänge.

Ein Wort der Entschuldigung an jene, die dieses Buch so gekannt und geliebt haben, wie es war. Ich habe alles darangesetzt, den Geist des Originals zu bewahren, aber Geschichten sind etwas Lebendiges und diese Geschichte zeigte sich ungestümer, als es sonst meist der Fall ist. Von ihren historischen Schichten befreit, verhielt sie sich plötzlich wie Tiger, der Welpe, und schoss ohne Vorwarnung in unerwartete Richtungen davon. Mir blieb nur, ihr einfach zu folgen. Verzeiht.

ERSTER TEIL

in dem Regeln gebrochen werden
und Miss Watkyns ungehalten wird.
Die Proben von Captain Vanderdeckens
Blaskapelle werden gestört,
eine Fremde taucht in Sunny Bay auf
und zwei Kinder sowie ein kleiner
Hund verschwinden durch ein Tor
und finden sich in einem Woanders wieder.

1

»Kinder brauchen Regeln«, erklärte Miss Watkyns. »Und Regeln sind dazu da, befolgt zu werden.«

Als eine Frau mit klaren Kanten und festen Prinzipien, akkurat und streng von den Haarnadeln bis zum Saum ihrer langen schwarzen Röcke, setzte Miss Watkyns auf gutes Benehmen, Fairness, viel frische Luft für die heranwachsenden Kinder – und eben auf Regeln.

Aufrecht und steif saß sie an ihrem großen Schreibtisch, auf dem nie etwas verrückt werden durfte. Selbst der Goldfisch in seinem Glas schwamm stets im Uhrzeigersinn seine immer gleichen Bahnen. Hinter Miss Watkyns ließ das offene Fenster nicht nur das von Meersalz getränkte Sonnenlicht herein, sondern auch die Rufe der ins Freie gelassenen Kinder und das Kreischen der Möwen. Vor ihr befanden sich drei Regelbrecher: ein Mädchen, ein Junge und eine kleine Gestalt, die kein Kind war und es deshalb hätte besser wissen müssen.

Flora saß still und stumm da, halb verdeckt von ihrer blonden Haarmähne. Sie hatte so einen Ausdruck von Ganzwoanderssein und den Blick von jemandem, der seine Gedanken und Gefühle für sich behält. Der dürre Junge neben ihr mit den aufgeschürften Knien ließ nervös seine Beine vor- und zurückschwingen und hatte hellwache, leuchtende Augen. Pip hatte gelernt, auf der Hut zu sein:

Beim ersten Anzeichen von Ärger zog er den Kopf ein und war auf dem Sprung.

Die Bank, auf der Pip und Flora saßen, war in dem Heim für überflüssige und aus Zufall elternlose Kinder in Sunny Bay berüchtigt. Sie hieß die Standpaukenbank und ihr Holz war blank geschliffen vom Hin- und Herrutschen allzu vieler schuldbewusster Hintern. Flora und Pip kannten die Bank nur zu gut – doch diesmal galt die Standpauke jemand anderem.

»In Sunny Bay *hungern* die Kinder nicht, Mister Gorbo«, erklärte Miss Watkyns der kleinen dicklichen Gestalt, die vor ihr stand. Nur wenig von Mister Gorbo ragte über die Schreibtischplatte, obwohl er so erwachsen war, wie er nur sein konnte. »Sie bekommen eine sehr ausgewogene Ernährung, sonntags zusätzlich einen Vanillepudding und jede Menge Backpflaumen. Ein gut regulierter Magen schafft einen gut regulierten Verstand. Können Sie mir also erklären, wieso ich diese beiden da«, sie warf einen Blick auf Pip und Flora, »an einem Ort finde, wo sie nichts zu suchen haben, noch dazu zu einer Zeit, wo sie nirgends zu sein haben außer im Bett – und schon gar nicht voller Krümel und Marmelade?«

Gorbos Stöhnen war heftig. »So ein paar Marmeladentörtchen schaden doch nicht, oder? *Ein* kleines Mitternachtsmahl? Wie meine Mutter immer gesagt hat: ›Nimm vom Kuchen ein Stück, danach schläfst du im Glück.‹«

»Es wurden Regeln gebrochen. Das schadet immer.« Miss Watkyns blieb hart. »Die Kinder wurden im Wäscheschrank gefunden, für den sie keine Erlaubnis haben. Essen von Fremden anzunehmen, ist strengstens verboten …«

»Gorbo ist doch kein Fremder«, warf Pip ein. »Er ist unser Freund.«

»… und nachts ihr Bett zu verlassen, nachdem das Licht ausgeschaltet ist«, fuhr Miss Watkyns fort und überging den Einwurf, »ist *strikt untersagt*. Ich kann nicht dulden, dass Kinder im Dunkeln herumlaufen. Es könnten ihnen wer weiß was für schlimme Dinge passieren, von Holzsplittern im Fuß bis zu einem frühen Tod.«

Gorbo senkte den Kopf vor Scham.

»Vielleicht hat Mister Gorbo die Regeln ja nicht gelesen«, schlug Miss Scadging, die Oberin von Sunny Bay, vor. Die Frau mit ihren plinkernden Augen, die vor langer Zeit selbst als Waisenkind in Sunny Bay gewesen war und nie mehr fortging, war ein wahrhaft kuscheliges Kissen zum Anlehnen. Sie erinnerte sich noch genau an die finsteren Zeiten, bevor Miss Watkyns die Leitung des Waisenhauses übernahm. »*Können* Sie lesen, Mister Gorbo?«

»Ich kann nicht *nicht* lesen, um es genau zu sagen.« Gorbo kräuselte die Nase beim Blick auf die lange Liste von Regeln und Vorschriften, die bei Miss Watkyns an der Wand hing. »Kommt auf die Schrift an, auf die Wörter und darauf, ob sich die Buchstaben so verhalten, wie sie es sollen. Manche schlängeln sich sehr. Geht leichter, wenn ich das hier mache.« Er zog den Kopf nach unten und betrachtete die Regeln verkehrt rum, mit dem Schädel zwischen den Beinen. »Auf diese Weise schwappt die ganze Klugheit in meine Denkteile …«

Pip kicherte.

»Kein Gekicher bitte.« Miss Watkyns starrte ihn mit einem einschüchternden Blick an. »Herzlosigkeit verstößt gegen die Regeln von Sunny Bay.«

»Ich wollte nicht herzlos sein«, sagte Pip und starrte wenig schamvoll zurück. »Aber wen kümmert es, wenn Gorbo nicht lesen kann?«

In Wahrheit konnte auch Pip nicht lesen. Er hatte sein Leben im Zirkus begonnen, als jüngstes Mitglied der Fantastischen Fliegenden Frangipani-Familie. Das Einzige, was er dort hatte wissen müssen, war, wie man sich von einem Trapez schwang. Als ihn das Schicksal schließlich nach Sunny Bay führte, hatte man ihn genauso wie alle anderen Kinder im Klassenzimmer an ein Schreibpult gesetzt, doch an Pip schien jede Art von Erziehung einfach abzuperlen wie Regentropfen an einer Ente.

Miss Watkyns konzentrierte sich wieder auf Gorbo.

»Der Koch ist sehr wütend«, erklärte sie ihm. »Die Marmeladentörtchen waren für den Nachmittagstee zu Miss Scadgings Geburtstag gedacht.«

»Am liebsten mag ich Erdbeermarmelade«, gab Miss Scadging zu.

»Das wusste ich nicht.« Gorbo richtete sich wieder auf und schaute ganz schuldbewusst. »Herzlichen Glückwunsch zu Ihrem wasauchimmerig-wasauchimmerig-wasauchimmerigsten Geburtstag und alles Gute, Miss Scratching.«

»Nicht so viele ›Was auch immer‹ bitte«, antwortete Miss Scadging. »Ich bin dreiundvierzig.«

»Kaum älter als ein Kind! Schauen Sie mich an, ich war so um die zweihundertzweierig, als jemand das letzte Mal nachgerechnet hat. Und werde ich je erwachsen und mich wie ein vernünftiger Kerl benehmen?« Er fuhr sich mit der flachen Hand über die Stirn und sank auf die Knie. »Oh, du schurkig schlingelschurriger Schauerschelm von einem Gorbo!«

»Geht es vielleicht ein bisschen weniger dramatisch?« Miss Watkyns klang frostig. »Und stehen Sie gefälligst auf, Mister Gorbo. Wir müssen reden. Es ist inzwischen einige Wochen her, seit Sie in Sunny Bay nach Arbeit gefragt haben. ›Ich mache alles‹, haben Sie damals gesagt. Sie könnten überall zupacken, das waren *Ihre* Worte. Ich habe mir mal Ihre Leistungen seither überlegt.«

»Ja?«, fragte Gorbo ängstlich.

Miss Watkyns setzte ihre Brille auf und betrachtete eine Liste auf ihrem Schreibtisch. »Da war die undichte Stelle im Dach …«

»Ich hab das Loch gestopft«, versicherte Gorbo. »Komplett dicht gemacht. Kein Tropfen Regen ist da mehr durchgesickert … bis die Sonne rauskam und das Karamellbonbon geschmolzen ist.«

»Sie haben gesagt«, fuhr Miss Watkyns fort, »dass Sie meine Uhr reparieren könnten.«

Alle schauten zu der Mahagoni-Uhr auf dem Kaminsims. Sie tickte zwar selig vor sich hin, aber alle drei Zeiger liefen rückwärts.

»Die Zeit bewegt sich nach vorn, Mister Gorbo«, erklärte Miss Watkyns. »So funktioniert nun mal die Welt.« Sie sah wieder auf ihre Liste. »Von den Regalen, die Sie im Schlafraum der Jungen aufgebaut haben, will ich erst gar nicht reden – traurig ist nur, dass gerade der kleine Humphrey da stand, als die Regale umkippten. Es lässt sich nicht ändern, zum Glück hat er nach ein, zwei Stunden aufgehört zu weinen und ich denke, dass er keine dauerhaften Schäden davontragen wird.«

»Er blutet nicht mehr«, bestätigte Miss Scadging.

»Und die Beule geht auch langsam wieder zurück.«

Gorbo sackte in sich zusammen. »Ich hab Ihre Hecken geschnitten«, sagte er mit dünner Stimme.

»Ja«, stimmte Miss Watkyns grimmig zu. »Das haben Sie.«

Sie stand auf, trat ans Fenster und schaute hinaus. Hinter den Mauern des Waisenhauses fiel die Klippe steil zu der Bucht ab, wo das Meer im Sonnenlicht flimmerte und Wellen an dem bleichen kekskrümeligen Sand leckten. Es war eine schöne Aussicht übers Wasser bis nach Puffin Island, aber Miss Watkyns' Blick lag auf ihrem Garten. Zu beiden Seiten des hohen Eisentors wuchsen Ebereschen. Die Kinder spielten zwischen den niedrigen Rosmarin- und Lavendelhecken. Hier und da waren diese in äußerst seltsame Formen getrimmt.

»Sie sind wirklich ein Künstler, Mister Gorbo.«

Das meinte sie natürlich nicht ernst, doch Gorbos Gesicht hellte sich auf. Er gab sich einen Ruck und trat zu ihr ans Fenster.

»Das ist meine Tante Plumpser mit ihrem schönsten Hut auf dem Kopf«, erklärte er und schwenkte die Hand in Richtung eines Buschs, der zu etwas verstümmelt war, das einem großen Giftpilz ähnelte. »Das da ist eine Teekanne. Und *das*«, ergänzte er mit einer leichten Verbeugung in Richtung Miss Watkyns, »sollte *Sie* darstellen. Aber ich fürchte, Sie sind nicht so richtig gut getroffen. Es hat eher so was von einer Hexe …«

»Einer bösen Hexe?«, fragte Pip von der Bank her.

»So böse wie nur was«, stimmte Gorbo zu. »Das erkennt man an ihrer spitzen Nase. So wie die Nasen in –«

»In den Geschichten«, sagte Miss Watkyns. »Hexen gibt es in Geschichten. Und zwar *nur* in Geschichten. Ich denke, das wissen wir alle.«

Gorbo warf ihr einen skeptischen Blick zu und fummelte an der Eichel herum, die er als Glücksbringer an einer Kette um den Hals trug. »Genauso gut könnte man sagen, es gibt keine Kobolde, keine Wobser und keine Squiesel, keine Schnodderwürmer und auch keine …«

»Was ist denn ein Wobser?«, fragte Pip. Selbst Flora hatte sich hinter ihren Haaren gerührt.

»So etwas gibt es nicht«, fauchte Miss Watkyns. »Hören Sie auf, Mister Gorbo, den Kindern solch einen Unsinn in den Kopf zu setzen, der ihnen nur Albträume macht.«

Ich fürchte mich vor keiner alten Hexe«, sagte Pip verächtlich.

Die Sonne schien jetzt genau auf Flora neben ihm. So still und stumm, wie sie dasaß mit ihren blauen Augen, die nichts preisgaben, wirkte sie wie ein Kind, dass noch nie in seinem ganzen Leben irgendwas Schlimmes getan oder auch bloß gedacht hat.

Wenn ich eine Hexe träfe, würde ich sie bitten, dass sie mir zeigt, wie man Menschen in Frösche verwandelt, so wie in den Märchen. Das, dachte Flora, *würde einigen Leuten ganz recht geschehen.*

Es war drei Jahre her, dass Flora zum letzten Mal etwas laut ausgesprochen hatte. Ihre Gedanken huschten umher wie Schmetterlinge, die in ihrem Kopf gefangen waren.

Miss Watkyns hatte inzwischen die Geduld verloren. »Das Dach kann ich entschuldigen und auch die Uhr, das Regal und den Kopf des armen Humphrey«, erklärte sie Gorbo. »Auch mein Garten wird mit der Zeit wieder nachwachsen. Aber Sie haben diese Kinder ermutigt, Regeln zu brechen, und das kann ich auf gar keinen Fall dulden. Es tut mir leid, Mister Gorbo, doch es ist an der Zeit, dass wir getrennte Wege gehen. Sie sind in Sunny Bay nicht mehr erwünscht.«

Es entstand ein unangenehmes Schweigen, das nur von den schreienden Möwen und von den Kindern durchbrochen wurde, die draußen spielten. Gorbo sackte in sich zusammen. Pip runzelte die Stirn. Flora biss sich auf die Lippe. *Nicht fair.*

»Das ist nicht fair«, sagte Pip für sie. »Gorbo hat die Törtchen nur geklaut, weil wir ihn darum gebeten haben. Er war einfach bloß nett.«

»Es gefällt mir, dass du bereit bist, die Schuld auf dich zu nehmen, Pip«, antwortete Miss Watkyns, »aber das ändert nichts. Mister Gorbo hat eine unkluge Entscheidung getroffen, jetzt muss er dafür die Konsequenzen tragen. Ich bin sicher, er wird das verstehen.«

»Das sollte ich inzwischen«, seufzte Gorbo. »Sie klingen genau wie meine Tante Plumpser.«

Miss Watkyns öffnete eine Schublade, nahm einen kleinen Stoffbeutel heraus und schob ihn über die Schreibtischplatte. »Ihr Lohn, Mister Gorbo.«

Gorbo wirkte überrascht. Er löste die Kordel und kippte den Inhalt aus. Münzen rollten über den Schreibtisch. Er hielt eine hoch, damit die Sonne darauf fiel.«

»Die glänzen aber schön«, sagte er höflich. »Und wer ist der Typ mit dem Bart?«

Miss Scadging schien schockiert. »Das ist seine Majestät, der König!«

»Ich nehm nur eine, entschied Gorbo, »um sie mir an die Wand zu kleben.« Dann zog er seine kleine Kappe vom Kopf, die aussah wie eine Untertasse, und verbeugte sich tief vor Miss Scadging. Und danach noch einmal, so tief, dass sein Kopf fast den Boden berührte, vor Miss Watkyns.

Schließlich wühlte er, während er sich zu den Kindern umdrehte, in seiner Hosentasche und zog ein paar Schnüre heraus. »Auf Wiedersehen, ihr kleinen Halbnudeln«, sagte er und reichte beiden ein Stück Schnur. »Macht einen Knoten rein, damit ihr euch an mich erinnert. So verabschieden wir uns voneinander, dort, wo ich herkomme. Möge euer Teig immer golden sein und eure Schnur nie ausfransen. Passt auf Miss Watkyns auf, denn sie weiß, was was ist und was nicht, dann werdet ihr klug und gescheit werden – nicht wie der arme alte Gorbo, der der Dümmste unter den Schnergen ist!«

2

»Was in aller Welt ist ein Schnerg?«, fragte Miss Scadging stirnrunzelnd, als sich Gorbos Schritte in der Ferne verloren. »Er hat äußerst seltsam gesprochen und irgendetwas von Squobsern und Wieseln geredet.«

»Von Wobsern«, sagte Pip. »Und von Squieseln.«

»*Sehr* merkwürdig«, erklärte Miss Scadging. »Irgendwie tut mir der arme Kerl leid. Ich denke schon, dass er einen Ort hat, wo er hingehört – aber ob er ihn auch findet?«

»Gorbo kennt seinen Weg durch den Wald«, meinte Miss Watkyns. Sie schaute mit zusammengezogenen Augenbrauen in ihr Goldfischglas. »Ich hoffe nur, er vergisst nicht, das Tor zu schließen …«

»Welches Tor?« Miss Scadging war verwirrt. Die Tore von Sunny Bay standen doch immer offen. Miss Watkyns vertraute ihren Ebereschen, dass sie die falschen Besucher schon fernhalten würden.

Sie presste die Lippen zusammen, als ob ihr aus Versehen etwas herausgerutscht wäre, und blickte über den Schreibtisch zu Pip und Flora. »Ich hoffe, ihr schämt euch für den Ärger, den ihr verursacht habt«, sagte sie, ohne auf die Frage einzugehen. »Um die Sache wiedergutzumachen, dürft ihr Captain Vanderdecken einen Sack Gemüse vorbeibringen.«

Das Schiff des Captains, die *Flying Dutchman,* was Fliegender Holländer heißt, lag in der Nachbarbucht. Der Weg dorthin war weit. Wenn sie schön langsam gingen, könnten sie einen ganzen Vormittag im Klassenzimmer schwänzen, überlegte Pip. Dann würde ihnen diese ganze Qual aus Schreiben, Rechnen und Erdkunde erspart bleiben …

»Und macht euch keine Sorgen, dass ihr den Unterricht verpasst«, ergänzte Miss Watkyns, die das Leuchten in seinen Augen bemerkt hatte. »Denn das wird nicht passieren. Die anderen Kinder werden nach Puffin Island fahren und dort ihr Picknick veranstalten.«

Es folgte ein Moment schockierten Schweigens.

Nicht das Picknick! Wir können nicht nicht *bei dem Picknick dabei sein!*

»Nicht das Picknick!«, gab Pip Floras stummen Aufschrei wieder. »Wir haben so lange darauf gewartet … Sie haben nie gesagt, dass das Picknick heute ist!«

Die Picknicks auf Puffin Island waren das Beste an den Sommern in Sunny Bay. Es gab sie nicht oft, sondern nur, wenn Miss Watkyns entschied, dass es ein Picknick geben sollte. Sie schien es immer so einzurichten, dass der Himmel blau war, das Meer flimmerte und sich der Sand perfekt zum Burgenbauen eignete. Dann tauchten Boote in der Bucht auf, die die Kinder zur Insel brachten. Neugierige Seehunde hoben ihre Schnurrbartköpfe aus dem Wasser und schauten mit ihren schokoladenbraunen Augen den Geschehnissen zu. Manchmal bekamen sie sogar Delfine zu sehen.

Mit den Kindern wurden auch Körbe voll Broten, Kuchen und Limonade zur Insel gebracht. Sie würden schwimmen, sich gegenseitig mit Wasser vollspritzen, sie würden von Flößen und Felsvorsprüngen hüpfen, sie würden bockspringen und es würde einen Wettbewerb um die beste Sandburg geben, ehe sie abends, wenn die Sonne tief über dem Wasser stand, wieder zurücksegelten – voller Sand und Salz auf der Haut und ihren Sachen und gähnend vor Müdigkeit –, um in Sunny Bay Abendbrot zu essen und danach in ihre Betten zu kriechen.

Als jüngste Waisen-Zugänge waren Pip und Flora bisher noch nie auf Puffin Island gewesen, doch sie hatten die andern viel davon reden hören und wussten genau, was sie verpassen würden.

Pip war verzweifelt. »Wir stehen auch ganz früh auf, um dem Captain gleich morgen noch vor dem Frühstück sein Gemüse zu bringen.«

»Er braucht es heute«, sagte Miss Watkyns barsch. »Able Seaman Pollock hat sein künstliches Gebiss verlegt und kann nicht kauen, deshalb gibt es für die ganze Mannschaft Gemüsesuppe.«

Die Mannschaft der *Flying Dutchman* bestand aus uralten Seeleuten, die längst außer Dienst waren und alle nur noch wenige Zähne, geschweige denn ein Zuhause hatten. Keiner von ihnen war unter siebzig, manche eher so um die neunzig. Captain Vanderdecken nahm sie auf und hielt sie durch ein striktes Programm aus körperlicher Ertüchtigung, Waffendrill und Blasmusik-Proben fit.

»Die beste Mannschaft, mit der ich je gesegelt bin«, erklärte er oft. In Wirklichkeit waren schon seit vielen Jahren weder der Captain noch die *Flying Dutchman* mehr in See gestochen.

Die Enttäuschung stieg in Pit immer höher, bis sie schließlich aus ihm herausplatzte: »Sie machen das Picknick nur aus reiner Bosheit heute, damit wir nicht mitkönnen! Und alles bloß wegen der dämlichen Regeln! Die erfinden Sie doch, wie sie Ihnen gerade in den Sinn kommen.«

»Es ist meine Pflicht, die Kinder in meiner Obhut zu schützen und ihnen Sicherheit zu geben«, antwortete Miss Watkyns ruhig. »Ohne Regeln kann alles passieren. Wirklich alles.«

»Ich wünschte, irgendwas *würde* passieren!«, tobte Pip weiter. »Von mir aus herzlich gern.« Er zeigte auf den Goldfisch in seinem Glas. »Und ich wette, der Fisch da wünscht sich das ganz genauso. Der darf doch auch immer nur in dem verdammten Glas rumschwimmen, ohne Abwechslung, bis ihm irgendwann so schrecklich langweilig ist, dass er sich auf den Rücken legt und stirbt. Und genauso halten Sie uns – aber ich *will* hier nicht in lauter Sicherheit festsitzen und eingehen!«

Miss Watkyns schaute erst auf sein rot angelaufenes Gesicht, danach zu Flora, die wieder hinter ihren Haaren verschwunden war. Sie spürte ein Stechen im Bauch. War sie wirklich zu streng mit ihnen? *Reiß dich zusammen,* sagte sie sich. *Regeln sind Regeln.*

Oh, Miss Watkyns! Wenn Sie doch nur auf das Stechen gehört hätten! Wenn doch Pip und Flora nur zu dem Picknick gefahren wären, wie viele Gefahren und Katastrophen hätten sich dadurch womöglich vermeiden lassen? Aber wozu das »hätte, wäre, wenn«? Das Leben ist, wie es ist, auf Gedeih und Verderb. Manchmal endet alles glücklich.

Und manchmal eben nicht.

3

»Bleibt auf dem Weg«, befahl Miss Watkyns. »Seid höflich zum Captain. Und nicht so trödeln!«

Es war ein trostloses Paar, das sich da mit dem Sack voll Gemüse zwischen ihnen aus dem Tor des Waisenhauses schleppte. Das Leben hatte sie wieder einmal enttäuscht: Sie waren traurig, aber nicht überrascht. Leckereien und selige Zeiten waren etwas, das andere traf. Das Leben wurde von Erwachsenen bestimmt – und beide Kinder hatten schon lange gelernt, von *denen* nicht viel zu erwarten.

Irgendwann hatte Pip eine Mutter gehabt: eine Frau in sternenbesetzter Strumpfhose, die auf dem Rücken eines weißen Ponys balancierte und Kunststücke vorführte. Doch in einer mondhellen Nacht war Bella, die betörend biegsame Balancier-Baronin, mit Stefano, dem schönen, stolzen Schwertschlucker, aus dem Zirkus fortgaloppiert und hatte ihr Baby, ein paar Pailletten und einen Hauch von Pferdegeruch zurückgelassen. Allein mit seinem Vater – einem drahtigen, hitzigen Mann mit kräftigen Fäusten und einem Ledergürtel zum Schlagen –, war die Welt für Pip zur Hölle geworden. Es war ein Jammer, doch der Kleinste und Jüngste der Fantastischen Fliegenden Frangipani-Familie erwies sich als nicht allzu fantastisch, was das Fliegen betraf. Wenn sein Vater weniger brutal und nicht so flink mit dem Anschreien und Zuschlagen gewesen wäre, hätte es Pip vielleicht besser geschafft. Er gab sich wirklich Mühe – er übte und übte, bis er mit seinen Nerven und seiner Angst am Ende war –, doch wenn man anfängt, das Schlimmste zu fürchten, dann passiert es auch meistens.

Es war der Tiger, der am Ende alles veränderte. Wo immer der Zirkus sein Zelt aufschlug, kamen die Menschen in Scharen, um Boris, die brutale, blutrünstige Bestie, zu sehen. Die Bestie war alt, mit geschundenem Fell, und manchmal, wenn Pip Probleme hatte und sich verstecken musste, kroch er zwischen die Räder von Boris' Käfig. Vor dem Tiger hatte Pip weniger Angst als vor den Wutausbrüchen seines Vaters.

Niemand wusste, wie das Tier an jenem Tag aus dem Käfig gelangt war. Pip, hoch oben unter der Zirkuskuppel, entdeckte Boris als Erster. Die Fantastische fliegende Frangipani-Familie probte gerade ihr Programm. Je mehr der Vater Pip anschrie, desto mehr misslang ihm alles. Er hing vom Trapez – schwang vor und zurück, hin und her und ihm wurde immer übler –, da sah er auf einmal, wie die gestreifte Gestalt durch die Vorhänge ins Zelt geschlichen kam.

»Was ist los mit dir? Wie lange willst du noch brauchen?« Seine Onkel und Vettern standen als Pyramide übereinander und warteten darauf, dass er an der Spitze landete. Sein Vater stand in der untersten Reihe, die Muskeln gespannt, mit rotem Gesicht, glänzend vor Schweiß. »Spring, du mieser kleiner …«

Sein Vater schrie weiter – und der Tiger antwortete mit einem tiefen, dunklen und Grauen erregenden Brüllen. Danach wurde das Schreien noch lauter, als die Pyramide der Onkel und Vettern in einem Wirrwarr verdrehter Gliedmaßen zusammenbrach. Einer nach dem andern standen sie wieder auf – alle bis auf Pips Vater.

So kam es, dass Pip überflüssig und zufällig elternlos in Sunny Bay landete – genau am selben Tag wie Flora.

Flora wusste nichts von gewalttätigen oder sonst welchen Vätern; ihrer war schon vor langer Zeit verschwunden. Sie war in ihrem eigenen Kinderzimmer aufgewachsen, umgeben von einem großen Puppenhaus, einem gescheckten Schaukelpferd und einer teuren französischen Gouvernante. Ihre Mutter besuchte sie einmal am Tag, weil sie glaubte, dass sie das müsse, aber die zehn Minuten vorm Schlafen schienen ihr mehr als genug.

»Muttersein ist so *anstrengend*«, beklagte sie sich gegenüber ihren Freundinnen. »Ich gebe natürlich mein Bestes, aber das Mädchen ist so ein komisches Wesen und so ein schreckliches Plappermaul. Sie hört überhaupt nicht auf zu reden ...«

Einmal an einem Frühlingsmorgen vor drei Jahren hatte die Gouvernante sie zu einem Spaziergang im Park mitgenommen. Es war Floras Geburtstag gewesen. Nach dem Spaziergang durfte sie, als besonderes Geschenk, mit ihrer Mutter gemeinsam zu Mittag essen.

»Du musst unbedingt mit in den Park kommen und die Enten anschauen, Mama«, redete Flora mehr als sonst. »Die sind so schön und weißt du, sie quaken. So –«

»Lass diese albernen Laute bei Tisch, Flora«, sagte ihre Mutter. Sie war in der Nacht zuvor auf einer Party gewesen und hatte mögliche neue Ehemänner erkundet. Deshalb war sie erst spät nach Hause gekommen und ihr tat noch der Kopf weh.

»Und da war auch ein Eichhörnchen«, sagte Flora. »Es ist an einem Baum hochgeflitzt. Fändest du das nicht auch toll, an einem Baum hochzuflitzen, Mama?«

»Sprich nicht mit vollem Mund, Flora«, sagte ihre Mutter.

»Und ich hab eine Taube gesehen, die hatte nur ein Bein«, fuhr das Mädchen fort. »Was glaubst du, wo das andere Bein geblieben ist, Mama?«

»Schaufel die Erbsen nicht so auf die Gabel, Flora«, sagte ihre Mutter. »Eine Dame tut das nicht.«

»Und in dem Park«, sagte Flora, »war auch ein Mann, der Geige gespielt hat. Die Leute haben Münzen in seinen Hut geworfen. Ich wollte auch eine reinwerfen, aber Madame hat *non* gesagt. Darf ich morgen noch mal in den Park und schauen, ob der Mann wieder da ist, Mama?«

»Flora«, sagte ihre Mutter, »kannst du nicht ein Mal den Mund halten? Du machst mich noch wahnsinnig.«

»Aber Mama, der sah so mager und hungrig aus. Ich glaube, der muss sich dringend etwas zu essen kaufen. Ich denke …«

»Flora, es ist mir egal, was du denkst. Mir sind auch Enten und Eichhörnchen, Tauben oder Männer mit einer Geige egal. HALT ENDLICH DEN MUND!«

Eltern sollten vorsichtig sein mit dem, was sie sagen.

Flora starrte ihrer Mutter ins Gesicht, das von Kopfschmerzen und Ärger verkniffen war, und tat, was man ihr gesagt hatte. Sie hörte auf zu reden. Sie sagte kein Wort mehr – weder an diesem Tag noch am nächsten und auch nicht am Tag darauf oder irgendwann später. Selbst als man ihr sagte, dass die *Titanic* einen Eisberg gerammt hätte, untergegangen sei und ihre Mutter und ihr neuer Vater mit in die Tiefe gerissen wurden, hatte Flora keinen Laut von sich gegeben.

Ihre anderen Verwandten hatten Angst bei der Vorstellung, so ein seltsames und stummes Kind zu adoptieren. Deshalb kam Flora, überflüssig und aus Zufall elternlos, nach Sunny Bay – genau am selben Tag wie Pip.

Wie sie so nebeneinanderstanden, jeder mit dem Gefühl, sehr allein zu sein, als sie Miss Watkyns in ihrem langen schwarzen Rock sahen, rückten die beiden Kinder enger zusammen – und waren seither unzertrennlich.

»Sie werden sich noch eingewöhnen«, sagte Miss Scadging jedes Mal hoffnungsvoll, wenn sie in Schwierigkeiten gerieten. »Irgendwann.«

Die Zeit verging. Die Tage wurden zu Wochen, die Wochen zu Monaten – doch die neuen Waisenkinder von Sunny Bay schienen weiterhin die Bedeutung von Regeln nicht zu verstehen.

Das Gemüse wog schwer in dem Sack. Es war nicht genug Platz auf dem Weg für Pip und Flora, um nebeneinander zu gehen und den Sack zwischen sich zu tragen, deshalb ließen sie ihn auf dem Boden schleifen – und zogen ihn holpernd hinter sich her.

»Kommt sowieso alles in die Suppe«, argumentierte Pip. »Ist also ganz gut, wenn wir das Gemüse ein bisschen stauchen und quetschen.«

Schau! Stumm deutete Flora aufs Meer.

Um die Landzunge kam eine Reihe von kleinen Booten – und unten in der Bucht liefen die Waisenkinder von Sunny Bay in zwei langen Reihen, Mädchen und Jungen, den Booten entgegen. Von oben auf der Klippe sahen Pip und Flora traurig zu, wie die Boote vertäut wurden und die Kinder an Bord drängten. Sie sahen Miss Watkyns, die alles im Blick hatte, als große kantige Gestalt am Ende des Stegs stehen. Sie sahen auch Mister Gribblestone in seinem flappenden Schulmeisterkaftan und Miss Scadging unter ihrem Strohhut. Der Lehrer und die Lehrerin jagten hin und her wie Hirtenhunde, um die Nachzügler zusammenzutreiben. Die Bootsleute in ihren gestreiften Westen hievten die Picknickkörbe an Bord, dann wurden die Leinen gelöst und die Boote kehrten den Bug in Richtung Puffin Island.

Sie kamen gut voran und wurden immer kleiner, als plötzlich ein ohrenbetäubender Knall die Luft zerriss. BUMMM! Möwen stoben schreiend in den Himmel auf.

»Dead Men Doris«, sagte Pip. »Das heißt, es ist zwölf.«

Die Toten-Doris war die Kanone der *Flying Dutchman*. Sie wurde jeden Tag um Punkt zwölf Uhr in Richtung Meer abgefeuert. Captain Vanderdecken nahm es peinlich genau mit der Zeit.

»Erwarte stets das Unerwartete« war die Maxime des Captains, der jeden Tag viel Zeit damit verbrachte, durch sein Fernrohr aufs Meer zu schauen. »Man kann nie wissen, wer da draußen lauert!«

Die Kinder liefen weiter und zogen das Gemüse holpernd hinter sich her. Die Möwen waren nach dem Mittagssalut von Doris wieder gelandet und alles war still – bis die Kinder das Felsstück erreichten, das über die Nachbarbucht ragte, dort wo die *Flying Dutchman* vor Anker lag und sanft hin und her dümpelte.

»1 – 2, 3! 1 – 2, 3.« Das war Captain Vanderdecken, der so laut brüllte, dass seine Stimme selbst die wildesten Meeresstürme übertönt hätte. »1 – 2, 3! Blast, Männer, blast!«

Die Mannschaft probte. Sie spielte vielleicht denselben Ton, nur eben beim besten Willen nicht gleichzeitig. Es klang wie eine Herde von Blechkühen, die zum Takt einer Pauke brüllt.

Flora ließ den Sack los und legte ihre Hände über die Ohren. Pip grinste.

Er warf sich zu Boden, kroch bäuchlings zum Rand der Klippe und spähte hinab. Unten am Strand marschierte die Blaskapelle. Der Captain führte sie an und gab mit seinem Messingfernrohr den Takt vor. Hinter ihm taumelte Abel Seaman Pollock unter dem schweren Gewicht der Pauke.

»Bringt mal ein bisschen Ellenbogen-Schmalz in die Musik!«, brüllte der Captain. »Ich hör euch ja kaum!«

Flora rutschte nach vorn und legte sich neben Pip. Zusammen beobachteten sie die Kapelle, wie sie tutend und trötend das andere Ende des Strands erreichte, wo die Männer stehen blieben, um Luft zu holen.

»Noch mal!«, befahl der Captain. »Kehrt marsch!«

Das Horn lief in die eine Richtung, die Posaune in die andere. Das Euphonium stieß mit dem Flügelhorn zusammen.

»Steuerbord«, brüllte der Captain. »Wende nach Steuerbord!«

Von oben auf der Klippe blickten Pip und Flora genau in die gähnende Öffnung der Tuba. Sie starrte gen Himmel, direkt unter ihnen – wie ein offenes Tor.

»Wenn wir bloß einen Ball hätten ...«, murmelte Pip.

Flora drückte ihm etwas in die Hand: eine Zwiebel. *Mach schon – du traust dich ja doch nicht!*

Die Zwiebel flog durch die Luft und landete mit schrecklichem Geschepper im klaffenden Maul der Tuba.

Pip stieß einen gedämpften Jubelschrei aus. »Los, du auch!«

Schau.

Etwas jagte an seinem Ohr vorbei. Es gab einen dröhnenden Schlag, als Floras Kartoffel die Membran der Pauke traf – und sie mit voller Wucht durchschlug.

»*Boah!*« Pip war beeindruckt. »Ich wusste gar nicht, dass du so werfen kannst.«

Flora hatte das auch nicht gewusst. Ihre Hand schoss nach oben, um den Mund zuzuhalten, doch ihre Augen verrieten ein Lachen.

»Jetzt können wir uns auf was gefasst machen«, warnte Pip sie. »Schau nur!«

Captain Vanderdecken hielt sich sein Fernrohr bereits vors Auge und suchte den Klippenrand ab. Die Kinder rutschten aus dem Blickfeld zurück. Wer von ihnen aus Versehen den Gemüsesack mit dem Bein umstieß, wussten sie nicht. Kartoffeln, Zwiebeln, Kohl: Alles fing an zu rollen.

Die Kinder versuchten, die Sachen festzuhalten, doch es war zwecklos. Kollernd, hüpfend und über die Kante springend, regnete das ganze Gemüse auf die Köpfe der Männer unten herab.

Über die verwirrten Schreie »Feindbeschuss!, »Piraten voraus!« und »Kanone laden!« hinweg erhob sich der Zorn von Captain Vanderdecken.

»Ich weiß, dass ihr da oben seid, ihr Taugenichtse. Wartet nur, wenn ich euch erwische!«

Pip und Flora warteten nicht. Sie warfen einen letzten Blick auf das Chaos unten am Strand, nahmen sich an der Hand und rannten los.

Wenn sie Miss Watkyns' Anweisungen, nicht zu trödeln, gefolgt und auf schnellstem Wege ins Waisenhaus zurückgekehrt wären, hätte ihr Tag ganz bestimmt einen anderen Verlauf genommen. Aber Pip und Flora hatten nun mal die Angewohnheit, Weisungen *nicht* zu befolgen, und woher sollten sie wissen, was sie hinter der nächsten Ecke erwartete?

4

Pip und Flora liefen bis zu dem hohen Eisentor des Waisenhauses. Dort blieben sie stehen, schweißgebadet und keuchend vom Rennen die Klippe entlang, aber vom Zorn des Captains ein sicheres Stück entfernt.

»Wenn wir da reingehen«, sagte Pip, »dürfen wir nur den Hühnerstall putzen oder tausend Kartoffeln für den Koch schälen. Dann kommt der Captain und beklagt sich über uns und wir kriegen noch mehr Probleme.«

Es klang nach Vergeudung eines schönen Sommertags …

Schau. Da oben.

Flora blickte in das Geäst eines alten Birnbaums. Er ragte über die Gartenmauer vom Waisenhaus und ließ grüngoldene Schätze über den Köpfen der Kinder herabbaumeln. In weniger Zeit, als es braucht, um zu sagen: »Auf Bäume zu klettern ist absolut gegen die Regeln; das führt nur zu blauen Flecken, Beulen und gebrochenen Knochen«, war Pip schon oben.

Gerade warf er Flora die ersten Birnen zu, die sie geschickt in der Schürze ihres Kleides auffing, als plötzlich das schwarze Auto klappernd um die Kurve bog.

Autos waren ein seltener Anblick in Sunny Bay. Dieses hatte große

Räder, eine lang gestreckte Motorhaube und ein hohes Dach. Und es bewegte sich in seltsamen Sprüngen, so als ob der Fahrer noch nie an einem Lenkrad gesessen hätte.

Die Kinder starrten hinüber, als der Wagen im Zickzack über die Straße schlingerte und dann abrupt nach vorn schoss.

»Flora! Pass auf!«, schrie Pip.

Flora hatte sich aber schon dicht an die Mauer gepresst. Das Auto jagte an ihr vorbei und blieb dann mitten auf der Straße stehen.

»Zurück!«, befahl eine Frauenstimme. »Sorg dafür, dass der Wagen rückwärtsfährt!«

Es folgten ein paar rasselnde, knirschende Geräusche, das Auto schaukelte hin und her und kroch schließlich rückwärts, bis das hintere Fenster mit den Kindern auf gleicher Höhe war.

»Halt – *stopp!*«, verlangte die Stimme.

Als der Wagen zitternd zum Stehen kam, schwang sich Pip mit seinen aufgeschürften Knien und Ellenbogen von der Mauer und stellte sich neben Flora.

Der Fahrer schien ungewöhnlich groß, wie er so über das Lenkrad gebeugt hing. Die Chauffeursmütze war ihm bis über die Augen hinabgerutscht; das Einzige, was die Kinder von ihm sahen, war zum einen der Hinterkopf, der mit einzelnen Haarbüscheln besetzt schien, was aussah wie Schimmel auf einer vergessenen Kartoffel, und zum andern der dürre Hals mit so einer Art Truthahn-Haut. Aus dem hinteren Seitenfenster winkten sie lila behandschuhte Finger heran.

»Das muss mein Glückstag sein.« Die Stimme klang plötzlich süß, klebrig süß wie Zuckerwatte. Das Gesicht, zu dem die Stimme gehörte, war unter der breiten Krempe eines eleganten Hutes verborgen. Eine Locke von brombeerhaftem Schwarz streifte ihre Schulter. Das Kleid war purpurfarben wie reife Pflaumen. »Liebe Kinder, kommt näher.«

»Wieso?«, fragte Pip und rührte sich nicht. »Wofür?«

»Für ein kandiertes Veilchen.« Die Frau hielt eine flache Schachtel mit dicht an dicht gereihtem purpurfarbenem Konfekt aus dem

Fenster. Dann schob sie sich ein Stück in den Mund. »Sie zergehen auf der Zunge, wisst ihr … einfach köstlich.«

Flora, deren lange Beine schuld waren, dass sie immer Hunger hatte, trat einen Schritt nach vorn. Weil sie nie irgendwo ohne ihre Gouvernante gewesen war, bevor sie nach Sunny Bay kam, hatte auch nie jemand daran gedacht, ihr zu erklären, dass man von Fremden keine Süßigkeiten annahm.

Pip hielt sie zurück. Auch wenn er mit einem gutgläubigen Herzen geboren war, so hatte es ihm das Leben im Zirkus doch ein für alle Mal ausgetrieben. »Wir haben Birnen«, sagte er.

»Die machen schreckliche Bauchschmerzen, mein armer Junge«, sagte die Dame mitleidig. »Sie sind noch nicht reif. Wollt ihr nicht Freundschaft schließen mit mir? Sagt mir, ist das da das Sunny-Bay-Heim für überflüssige und aus Zufall elternlose Kinder? Ich bin extra so weit gefahren, um ein armes, mutterloses Kind zu finden, das ich mein Eigen nennen, lieben und mit Süßigkeiten füttern darf.«

»Die sind alle unterwegs«, erklärte ihr Pip. »Es gibt nur uns. Da müssen Sie an einem anderen Tag wiederkommen.«

»Aber vielleicht bist *du* ja genau das, was ich suche! Armes Kind.« Die Hutkrempe senkte sich Flora entgegen. »Ich ertrage es nicht, mir vorzustellen, dass du an diesem schrecklichen Ort eingesperrt bist! Sind sie sehr grausam zu euch? Ich bin sicher, es muss hier sehr trostlos und elend sein, mit jeder Menge langweiliger Regeln. Stell dir mal vor, wenn du mitkämst und bei mir leben würdest, dann gäbe es überhaupt keine Regeln. Du könntest tun, was du willst … immer, tagaus, tagein.«

Flora zögerte. Die Dame hatte einen Duft, der genauso süß war wie ihre Stimme; er stieg ihr durch die Nase bis weit hinauf ins Gehirn. *Keine albernen Regeln mehr; kein Ärger, wenn man sie brach …*

Ich führe ein trauriges, einsames Leben«, seufzte die Frau. »Alles, was ich mir wünsche, ist ein liebes kleines Kind, das mich Mutter nennt. Und schaut mal, was ich hier habe …«

Auf ihrem Schoß hatte sie einen kleinen Weidenkorb stehen. Aus dem Innern drang ein Geschnupper, ein Winseln. Die Frau löste die Riemen und hielt einen Welpen hoch – ein Wuschel feiner Haare, ganz weiß bis auf so etwas wie einen schwarzen Tintenfleck über dem einen Auge und einem rußfarbenen Ohr.

Ein winziger Laut drang aus Flora heraus – ein kurzes Lufteinsaugen. Als sie klein war, noch ehe sie aufgehört hatte zu sprechen, hatte sie sich immer ein eigenes Haustier gewünscht – einen Hund, ein Kätzchen oder vielleicht eine weiße Ratte; irgendein Wesen, dem sie ihre Geheimnisse erzählen könnte. Ihre Mutter hatte es bei dem Gedanken gegraust. »Ganz sicher nicht«, hatte sie gesagt. »Denk nur an die Haare, die Flöhe und an die Pfützen! Du hast doch bereits ein ganzes Zimmer voll Spielzeug, Flora. Was willst du denn noch, du undankbares Kind?«

»Er könnte dir gehören«, sagte die Frau zu ihr. »Wenn du ihn willst, musst du nur herkommen und ihn dir holen.«

Die Wagentür schwang auf. Birnen stürzten zu Boden, als Flora loslief. Und als sie nach dem Welpen greifen wollte, passierten mehrere Dinge gleichzeitig. Ein Kläffen des Hündchens, ein Keuchen von Flora, ein Wirrwarr aus Armen, Beinen und Röcken … dann schlug die Tür zu – mit Flora auf der falschen Seite.

»Hey!«, schrie Pip.

Als das Auto keuchend und stotternd wieder zum Leben erwachte, warf er sich ihm entgegen und hielt sich an allem fest, was er gerade zu fassen bekam.

»Halt – geben Sie sie zurück! Lassen Sie sie frei!«

Doch es half nichts. Die Frau lachte und stieß mit der Spitze ihres purpurfarbenen Schirms durch das offene Fenster nach ihm, bis er losließ und auf die Straße fiel. Der Wagen fuhr immer noch rückwärts; Pip musste sich zur Seite rollen, um nicht von den Rädern erfasst zu werden. Als er aufstand, ruckte der Wagen plötzlich in den Vorwärtsgang und jagte davon. Pip sah den Schemen von Floras bleichem Gesicht an der Scheibe, ihr Mund war geöffnet zu einem stummen Schrei. Gerade als der Wagen um die Ecke bog, fuhr eine lila behandschuhte Hand aus dem Fenster. Der Welpe baumelte, wand sich und stürzte dann auf die Straße.

»Warte!« Die Schuhsohlen rutschten auf dem zermatschten Obst aus. Pip machte sich zur Verfolgung bereit. »Warte … Flora, ich komme!«

5

Der Welpe hockte immer noch mitten auf der Straße und wirkte ein bisschen verwirrt mit dem nach unten geklappten schwarzen Ohr und dem aufrecht stehenden weißen. Als Pip ihn erreichte, wedelte er mit dem Schwanz, dann rollte er sich auf den Rücken, um sich den Bauch kraulen zu lassen.

»Keine Zeit für so was.« Pip schnappte ihn sich. »Wir müssen Flora retten.«

Mit einem Fahrer, der etwas vom Lenken verstand, wäre der Wagen sicherlich schneller verschwunden. Doch er fuhr zickzack und prallte immer wieder von den Hecken am Straßenrand zurück. Selbst mit dem Hund in seinen Armen war Pip ein sehr guter Läufer. Er blieb an dem Auto dran, bis es um eine Kurve bog, die Landstraße erreichte und … verschwand.

Außer Atem blieb Pip stehen. Hinter der Kurve verlief die Landstraße so geradeaus wie ein Lineal – und war vollkommen leer.

Autos verschwinden doch nicht einfach … Pip lief weiter und suchte die Gegend nach einem Hinweis ab.

Da! Reifenspuren. Der Wagen war von der Straße geschleudert und zwischen den Bäumen hindurch in den Wald gekracht.

Wyke Wood war so dunkel und geheimnisvoll, wie es ein guter

Wald sein sollte. Manchmal durften die Waisenhauskinder ein kleines Stück hineinlaufen – aber nicht zu weit –, um im Herbst Beeren, im Winter Stechpalmenzweige und Kiefernzapfen und im Frühjahr Glocken- und Schlüsselblumen zu sammeln. Die Kinder wurden bei diesen Ausflügen streng überwacht und noch vor der Dämmerung wieder nach Hause geführt. Miss Watkyns hatte immer einen kräftigen Stock dabei, sagte aber nie, wozu. Jetzt tauchte Pip in den Wald ein und folgte der Spur aus niedergedrücktem Unterholz und abgeknickten Jungbäumen.

Du musst Flora finden. Das war der einzige Gedanke in seinem Kopf.

Als er Stimmen hörte, duckte er sich hinter einen Haselnussstrauch und drückte den Welpen fest an sich. Mitten auf einer Lichtung stand eine knorrige alte Eibe. In einem Wald voller Bäume wirkte dieser einfach anders. Vor sehr langer Zeit hatte ein Blitz seinen Stamm mitten durch bis ganz nach unten gespalten. Der Baum hatte das überstanden und war weitergewachsen. Jetzt stand er auf zwei Beinen statt auf einem. In den einen hatte sich die Motorhaube des Autos gebohrt. Mit dem Rücken zu Pip saß die Frau auf einem Baumstumpf und rückte ihren lila Hut zurecht. Der Fahrer stand mit hängenden Schultern neben ihr. Blut spritzte ihm auf seine riesigen Stiefel.

»Ich kenne Rote-Beete-Knollen, die mehr Verstand haben als du!« Die Stimme der Frau erinnerte jetzt weniger an Zuckerwatte als an saure Gurken. »Wieso habe ich bloß geglaubt, dass du wenigstens einmal etwas erledigen könntest, ohne es zu vermasseln?«

»Du hast gesagt: Halt an der Einmaligen Eibe«, protestierte der Riese.

»Aber habe ich irgendetwas erwähnt, dass du direkt in sie reinkrachen sollst, du salatköpfiger Riesentollpatsch? Jetzt schau dir an, was du getan hast – wir haben das Mädchen verloren und das ist ganz allein deine Schuld. Los, geh und such sie!«, keifte die Frau. »Weit kann sie ja noch nicht sein. Du wärst wahrlich ein schlechtes

Beispiel für ein Menschenfressermonster, wenn du sie nicht mal auf diese Entfernung riechen würdest.«

»Nicht böse sein, Mudder«, wimmerte der Riese. »Wegen dem Baum hab ich mir die Nase gestoßen. Sie tut weh. Mit einer Nase, die wehtut, kann ich keine Kinder schnuppern, Mudder.«

Geschieht dir nur recht. Aber musst du so bluten? Das ist ja widerlich. Und hör auf, mich Mutter zu nennen.«

»Du *bist* doch meine Mudder. Du hast gesagt, das ist es, was du willst – ein liebes kleines Kind, das dich Mudder nennt. Sei nicht traurig und einsam – du hast ja mich, du hast den Gubbin und …«

»Du bist *kein* liebes kleines Kind«, unterbrach ihn die Frau. »Das warst du noch nie. Du warst früher schon hässlich und jetzt bist du es noch viel mehr. Und was den Gubbin angeht … *Halt, was ist das?*«

Sie zeigte mit der Schirmspitze auf etwas, das am Boden lag. Als der Riese es aufhob und ihr reichte, erkannte es Pip. Alle Kinder in Sunny Bay trugen die gleichen Schuhe – solche, die sich an- und abstreifen ließen ohne das leidige Problem mit den Schnürsenkeln. Im Waisenhaus hießen sie einfach nur Schlurfer. Wo immer Flora steckte, ihr fehlte ein Schlurfer.

»Aha!« Die Frau hielt den Schuh zwischen Daumen und Zeigefinger und schnupperte dran. »Das genügt. Das ist eine Aufgabe für Gubbin. Gubbin hat eine Nase wie ein Hai, der Blut riecht. Wo immer sich das Mädchen versteckt, er wird sie erschnuppern.«

»Und ich, Mudder?«, fragte der Riese. »Was soll ich machen?«

»Du tust, was ich gesagt habe«, antwortete seine Mutter kurz angebunden. »Das Mädchen wird bestimmt versuchen, zur Straße zurückzugelangen. Folge den Spuren in die Richtung, aus der wir gekommen sind, und halt die Augen auf. Sorge dafür, dass dich niemand sieht. Wenn sie erst alle hier sind und nach ihr suchen, fürchte ich, dass du mit deinen Bauerntrampelquanten mitten in sie hineinplatzt und unsere ganzen Pläne zunichtemachst.«

»Ich werde gar nichts zunichtemachen«, versprach der Riese. »Ähm … und was *sind* unsere Pläne, Mudder?«

»Viel zu raffiniert für so ein Schrumpfhirn wie dich, dass du sie jemals verstehen würdest«, antwortete die Frau. »Du darfst nur die eine Regel nie vergessen.«

»Mudder weiß es am besten«, skandierte ihr Sohn gehorsam.

»Ich habe so lange darauf gewartet.« Nachdem sie Floras Schlurfer in die Tasche gesteckt hatte, schüttelte sie den Regenschirm aus. »Aber jetzt ist es bald so weit. Ich werde meine Rache bekommen. Die prüde Miss Watkyns glaubt, was man vergisst, gibt es nicht mehr – sie meint, ich bin fort und weit weg. Aber gebrochene Versprechen kehren zu einem zurück und hängen drohend unter dem Dach, so wie Fledermäuse.«

Die Frau trat durch die Lücke in der Eibe und war verschwunden. Mit einem traurigen Stöhnen putzte sich ihr Riese von Sohn mit einer Handvoll Blättern die Nase und kehrte dann zu der Landstraße zurück. Pip hielt den Atem an, als das Monster dicht an ihm vorbeiging und vor sich hin murmelte: »Mudder weiß es am besten. Wer weiß es am besten? Mudder weiß es ...«

Nachdem nichts mehr zu hören war als die singenden Vögel und das Wispern der Blätter im Wind, trat Pip hinter dem Busch vor und untersuchte den Wagen.

Die hintere Tür auf der Beifahrerseite hing offen in den Scharnieren. Flora musste herausgekrochen sein, nachdem sie gegen den Baum gekracht waren, und sich schnell aus dem Staub gemacht haben ... aber wohin? Pip schaute sich um, wagte es aber nicht zu rufen.

Etwas fiel in den Teppich aus Eibennadeln zu seinen Füßen. Floras zweiter Schlurfer.

Pip legte den Kopf zurück und blinzelte nach oben. »Flora?«

Floras Beine tauchten zwischen den Ästen auf, dann folgte der Rest von ihr.

»Alles in Ordnung mit dir?« Pip schaute auf ihre bloßen Füße, das zerrissene Schürzenkleid und die Zweige in ihren Haaren, die wie ein Vogelnest wirkten. »Wir können hier nicht bleiben. Sie schickt jemanden, der dich erschnuppern soll. Er heißt Gubbin und hat eine

Nase wie ein Hai. Besser, du riechst nach gar nichts. Und zur Landstraße können wir auch nicht zurück – da steht dieser Riese und hält Ausschau nach dir.«

Wohin dann? Flora beugte sich nach unten, um den Schlurfer zu retten, auf den sich der Welpe gestürzt hatte. Er leckte ihr das Gesicht ab, dann plötzlich erregte etwas – ein Rascheln im Farn – seine Aufmerksamkeit. Über sein eigenes Gebell stolpernd, schoss er durch den Spalt in der alten Eibe. Das Bellen verlor sich.

Nein … komm zurück! Aber Flora war schon auf den Beinen und rannte dem Hund hinterher.

»Nicht da lang«, warnte Pip seine Freundin. »*Die Frau* ist dort hingegangen!«

Flora schaute nicht zu ihm zurück. *Wir müssen hinter ihm her. Er ist zu klein, um für sich allein zu sein. Er braucht uns.* Und damit war sie weg, verschwunden zwischen den Zwillingstorpfosten der Einmaligen Eibe.

Pip zögerte. Doch nicht lange. »Flora … warte auf mich!«

Und so liefen die Kinder und der Hund durch ein Tor, fort aus der einen Welt in eine andere, ohne zu wissen, was sie da taten, wo sie hinkommen würden und was sie zurückließen.

6

Miss Watkyns saß an ihrem Schreibtisch, nicht ganz so forsch und aufrecht wie sonst. Zwischen den Augenbrauen lag eine tiefe Furche und eine dunkle, von Silbergrau durchzogene Strähne hatte sich aus den Haarnadeln gelöst.

»Der Junge hat immer Probleme gemacht.« Der Schulmeister, Mister Gribblestone, besaß schreckliche Spinnenbeine und einen Bauch, der aussah, als hätte er unlängst eine ganze Melone verschluckt.

»Sie sind zu hart zu ihm, Mister Gribblestone«, widersprach Miss Scadging. »Pip hatte einen unglücklichen Start.«

»Wir sind ein Waisenhaus«, erinnerte sie Mister Gribblestone und strich sich den Bart, als wäre er ein kleines pelziges Tier. »Alle Kinder, die bei uns sind, hatten einen unglücklichen Start – sonst wären sie nicht hier. Aber nicht alle sind so ein hoffnungsloser Fall wie Pip. Er hat einen sehr schlechten Einfluss auf die arme kleine Flora.«

»Da wäre ich mir nicht so sicher«, entgegnete Miss Scadging. »Und Sie sollten es eigentlich auch besser wissen und einem Kind nicht nur wegen seiner Grübchen und blauen Augen vertrauen. Flora ist es, die ihn anstiftet.«

»Wie das denn«, wollte Mister Gribblestone wissen, »wo sie doch gar nicht reden kann?«

»Nicht reden kann oder nicht reden *will?*«, antwortete Miss Scadging nachdenklich. »Es gibt keine hoffnungslosen Fälle, Mister Gribblestone. Viel Liebe und Pudding, dann wird am Ende aus jedem Kind etwas. Selbst die haarigste Raupe wird irgendwann ein Schmetterling.«

»Früher«, merkte Mister Gribblestone an, »hätte man Meister Pip in den Taubenschlag gesperrt, bis er seine Verhaltensweisen ändert.«

»Von früher will ich nichts hören!« Miss Scadging sah ihn streng an. »Die alten Zeiten sind vorbei. Wir waren alle Waisen in Sunny Bay, Mister Gribblestone. Haben Sie vergessen, wie es zu Mister Bunphatts Zeit war, ehe Miss Watkyns die Leitung übernahm? Es war ein Haus des Elends und der Finsternis. Sie waren damals noch ein Baby, aber ich erinnere mich an die Tränen, die Schläge, den Hunger …«

Sie wurde vom Trampeln schwerer Stiefel auf dem Flur unterbrochen. Captain Vanderdecken stand mit zwei Männern aus seiner Schiffscrew im Eingang. Sie schlugen die Hacken zusammen und verbeugten sich. Miss Watkyns sah mit einem hoffnungsvollen Blick auf.

»Tut mir leid, Madam.« Der Captain sprach kurz und knapp. »Keine Spur von den beiden. Zermatschtes Obst und Reifenspuren am vorderen Tor. Ein Auto ist von der Straße abgekommen. Das Fahrzeug war nach Aussage von Polizeiinspektor Trubshaw gestohlen – heute Morgen im Dorf entwendet. Meine Männer haben die Gegend abgesucht.« Er deutete auf die zwei alten Seeleute, die hinter ihm strammstanden. »Mister Plankton, Mister Heilbutt – macht den Mund auf und erzählt Miss Watkyns, was ihr gefunden habt.«

»Keinen Menschen, Madam«, versicherte ihr Mister Plankton. »Weder tot noch lebendig.«

»Auch nicht irgendwas dazwischen«, fügte Mister Heilbutt beflissen hinzu. »Nur das hier, Madam.« Er wickelte einen kleinen Gegenstand aus den Falten seines Taschentuchs und legte ihn vor sie auf den Schreibtisch. Ein kandiertes Veilchen.

Miss Watkyns starrte die Süßigkeit an. Auf einmal wurde sie kreidebleich, gerade so, als wenn sie einen Geist gesehen hätte.

»Es ist meine Schuld«, seufzte Captain Vanderdecken. »Ich habe meine Stimme gegen diese Kinder erhoben. Vielleicht habe ich ihnen gedroht. Von wegen kielholen. Von wegen Haien. Aber ich wollte den armen Dingern doch nicht so viel Angst machen, dass sie davonlaufen.«

»Ich habe Dinge über den Wyke Wood gehört«, sagte Mister Plankton und schüttelte dabei den Kopf.

»Leute haben Dinge gesehen …«, stimmte ihm Mister Heilbutt zu.

Der Captain runzelte die Stirn. »Lügengeschichten! Ihr könnt doch nicht annehmen, dass eine vernünftige Frau wie Miss Watkyns *Geschichten* glaubt!«

»Ganz im Gegenteil, Captain«, entgegnete Miss Watkyns. »Es sind gerade die Vernünftigen, die an Geschichten glauben. Wir mögen zwar vorgeben, dass es anders ist, um so die Welt zu einem sicheren Ort zu machen. Doch tief in unserem Herzen wissen wir es besser.«

Später, als sie allein war, saß Miss Watkyns nur da und rührte sich nicht. Sie sah die eigenen Erinnerungen vor Augen. So lange saß sie an ihrem Schreibtisch, dass der Goldfisch schon überlegte, seine Kreise im Uhrzeigersinn aufzugeben und in die entgegengesetzte Richtung zu schwimmen. Schließlich rüttelte sie sich wach und hob den Blick zu einer gerahmten Stickerei an der Wand. Mit farbigen Fäden waren dort feinsäuberlich Buchstaben eingestickt.

ZUHAUSE IST DA,
WO DAS HERZ IST

Miss Watkyns schob den Stuhl zurück, ging zum Kamin hinüber und schaute in den Spiegel, der an der Wand hing. Sie ordnete ihre Frisur, dann stand sie da und starrte tief, tief in die silberne Scheibe. Ihr Spiegelbild wellte sich leicht und schaute mit einem Ausdruck zurück, der nicht der ihre war.

»Lass es!«, sagte Miss Watkyns laut. »Hör auf damit. Was geschehen ist … ist Vergangenheit. Diese Kinder haben dir nichts getan. Lass sie in Ruhe. Hörst du mich?«

Ganz in der Nähe erklang auf einmal ein Laut, der ein Lachen gewesen sein mochte. Miss Watkyns hielt den Atem an. *Nur eine Möwe. Reiß dich zusammen, Felicia Watkyns.*

Als sie sich von dem Spiegel abwandte, sah sie, dass der Goldfisch tatsächlich die Richtung gewechselt hatte.

»Ich bin enttäuscht von dir, Heinrich Cornelius«, sagte sie streng. »Vielleicht rühren sich die Mächte der Finsternis, aber ist das ein Grund, unsere Ansprüche aufzugeben?«

ZWEITER TEIL

in dem es stark nach Zimt riecht. Pip und Flora begegnen einem großen Tier, einem alten Freund und ein paar schlecht erzogenen Wobsern. Flora überrascht alle, sogar sich selbst, und jemand macht purpurfarbenes Gelee.

7

»Das Gute ist«, sagte Pip, um Flora aufzuheitern, »*dass es hier draußen* keine Regeln gibt.«

Und nichts zu essen.

Die anderen Waisenkinder stopften sich jetzt wahrscheinlich auf Puffin Island ihr Picknick rein. Floras Magen schmerzte vor Hunger. Ihr Mund war trocken, die Kehle zu vor Durst. An den nackten Füßen hatte sie Blasen und Krusten. *Ich will nicht mehr laufen.* Sie ließ sich auf einen umgestürzten Baumstamm sinken und schnappte sich den Welpen. *Wir wissen ja noch nicht mal, wohin der Weg führt.* Damals, als sie allein in ihrem Kinderzimmer war, hatte sie Geschichten über Kinder gelesen, die sich im Wald verliefen und ein trauriges, sehr trauriges, Ende nahmen.

Pip hatte noch nicht mal von Weitem ein Buch gesehen, bevor er nach Sunny Bay kam – die einzigen Geschichten, die er kannte, waren die, die Miss Scadging den Waisenkindern an verregneten Nachmittagen vorlas –, aber er konnte Floras Stimmung nachfühlen. Er schaute auf den Welpen in ihrem Schoß. »Ist seine Schuld, dass wir uns verlaufen haben.«

Der kleine Hund hatte die Kinder kreuz und quer zwischen den Bäumen hindurchgeführt und Pips Pfiffe beharrlich ignoriert. Was hatte er bloß gejagt? Pip war sich sicher, so etwas wie eine pelzige Schlange gesehen zu haben, und Flora glaubte, ein Kaninchen mit einem Geweih gesichtet zu haben. Schließlich war der Welpe putzmunter und verdreckt zu ihnen zurückgekehrt.

»Er braucht einen Namen«, entschied Pip. »Vielleicht lernt er ja dann zurückzukommen, wenn wir ihn rufen.«

Keiner von beiden kannte sich mit Hundenamen aus.

Algernon? Bonaparte? Caractacus?, überlegte Flora. *Oder Zebediah?*

»Wir können ihn ja einfach Hund nennen«, schlug Pip vor, der die längste Zeit seines Lebens nur *He du!* gerufen worden war.

Flora schüttelte ihre blonde Mähne.

Pip dachte an die Tiere, die er aus seinem früheren Leben kannte. Fifi und Lulu, die Zirkuspudel – das ging überhaupt nicht. Die Ponys hatten so komische Namen wie Tänzer, Flocke oder Prinzessin gehabt. Nein …

Dann fiel ihm plötzlich die Bestie ein, die ihn damals in der Manege vor seinem Vater gerettet hatte. Sie war es wert, in Erinnerung zu bleiben. »Was hältst du von Tiger?«

Flora zog die Augenbrauen zusammen. *Der Hund hat nicht die passende Farbe und er hat auch überhaupt keine Streifen. Er sieht mehr aus wie ein Panda …* Sie spürte, wie die Worte in ihrer Kehle nach oben drängten. Es wunderte sie, dass sie hier, in der gedämpften Stille des Waldes, fast aus ihr herausbrachen. Fast, aber nicht ganz.

»Tiger!«, rief Pip. »Hier, Tiger!«

Die Ohren des Welpen zuckten. Er sprang von dem Stamm und setzte sich mit wedelndem Schwanz vor Pip auf den Boden.

»Siehst du?«, sagte Pip.

Aber Flora hörte nicht zu. Sie hielt den Kopf schräg und schnupperte. »Was war das für ein Geruch? Er ließ sie an Weihnachten denken. *Weihnachtspudding … Spekulatius … Zimtsterne …*

Tiger erhob sich steifbeinig und winselnd.

Hast du das gehört?

Ein Schlurfen. Blätterrascheln. *Flip flop, flip flop* … es kam eindeutig näher. Flora glitt hinter den Baumstamm und legte sich mit weit aufgerissenen, hellwachen Augen flach in das Farndickicht. Pip schnappte sich Tiger, sprang über den Stamm und warf sich neben sie. Er hörte sein Herz pochen – oder war es das Herz von Flora? Tiger wand sich, kläffte und knurrte.

Psst. Verzweifelt versuchten sie den Welpen zum Schweigen zu bringen.

Etwas war zwischen den Bäumen hervorgetreten. Die Luft war von schwerem Gewürzduft getränkt. Als sich Tiger befreite, löste sich ein gewürgter Schrei aus Floras Kehle.

Keuch … keuchhhh … Sie hörten den schweren Atem. Eine Gestalt ragte vor ihnen auf … riesig, auf zwei Beinen, massig und zottelig.

Pip konnte gar nicht hinschauen. In Gedanken sah er seinen Vater emporragen, mit seinen hervortretenden Augen, die Fäuste vor Wut geballt. Pip tat, was er immer getan hatte. Er rollte sich ein wie ein verängstigter Igel, presste die Augen fest zu und hoffte, dass ihn die Dunkelheit verschlucken würde.

8

Die Frau saß da und kämmte ihre johannisbeerschwarzen Haare. Im Kamin spuckten die Flammen. Als sie die Beine ausstreckte, flackerte der Feuerschein auf den weinroten Strümpfen. Irgendetwas quakte im Schatten.

»Halt den Mund, Mister B«, fauchte die Frau. »Hast du die Regeln vergessen. Man redet nur, wenn man gefragt wird.«

Als die Tür aufging, zwängte sich jemand sehr Großes durch die Öffnung. Die Gestalt zog einen Sessel vor und quetschte sich hinein, weil die Decke zu niedrig war, um aufrecht stehen zu können.

»Ich hab dir die Beeren gebracht, Mudder. Ich hab sie ganz vorsichtig gepflückt – sie gar nicht gedrückt – und auch keine gegessen. Gibt es die zum Abendbrot, Mudder?«

»Idiot«, antwortete seine Mutter. »Das sind giftige Tollkirschen.« Sie nahm ihm den Korb ab. »Was für eine herrliche Farbe … ich werde ein schönes Gelee daraus machen. Das Gelee wird mir zeigen, was ich sehen will.«

Der Riese schaute sich um. »Wo ist Gubbin?«

»Ich habe ihn losgeschickt, das Mädchen zu suchen. Er wird es schon finden und herbringen.«

»Wieso *willst* du das Mädchen, Mudder? Ist doch einfach nur ein kleines Kind. Süß und saftig, nehm ich an«, fügte der Riese sehnsüchtig hinzu.

»Ich brauche es.« Die Finger der Frau zogen sich einen Moment lang zu etwas Krallenartigem zusammen. »Das Mädchen wird das Mittel zu meiner Rache sein.«

Ihr Sohn rieb sich noch immer die geschwollene Nase. »Wenn ich an Kinder denke, kriege ich vor Hunger jedes Mal ganz schreckliche Bauchschmerzen.«

»Hör auf zu sabbern«, schimpfte die Frau. »Es gibt Kürbissuppe.«

»Ich bin Kürbis so leid«, seufzte der Riese. »Kürbisse haben keine Knochen. Kriege ich irgendwann noch mal Knochen? Du hast Ja gesagt, Mudder. Du hast es versprochen.«

»Armer Kafuselum!« Sie tätschelte ihm die Hand. »Tu, was ich gesagt habe, dann wird irgendwann der Tag kommen, an dem du so viele Knochen bekommst, wie du haben willst.«

»Ja, Mudder«, antwortete ihr Sohn gehorsam. »Mudder wird alles richten. Niemand ist so klug wie Mudder.«

»Schwachkopf«, sagte seine Mutter.

9

Pip, alles gut. Floras Hand lag auf seiner Schulter und schüttelte ihn. *Pip, mach die Augen auf. Schau!* Langsam und vorsichtig kam er wieder aus seiner Igel-Haltung.

Auf der anderen Seite des umgestürzten Baumstamms stand ein großes Tier. Kleine runde Ohren, Knopfaugen, dichtes Fell, das glänzte wie frisch aus der Schale gebrochene Kastanien. Es hatte sich auf alle viere fallen lassen und Tiger sprang mit wedelndem Schwanz um das Tier herum. Als Pip die Bestie anstarrte, schob sie die Nase zwischen die behaarten Vorderpfoten und machte eine sauber ausgeführte Rolle vorwärts. Ein Bär.

Es ist schwer, bei etwas ängstlich zu bleiben, das nach Zimtsternen riecht und Purzelbäume schlägt. Als Flora über den Baumstamm kletterte, trottete das Geschöpf auf sie zu und stupste sie vorsichtig gegen den Bauch. Langsam, mit angehaltenem Atem streckte sie eine Hand aus.

Der Bär schien es zu mögen, getätschelt zu werden. Er stand da, die Augen halb geschlossen, und schnaubte und brummte vor Freude, als Pip ihm die Ohren kraulte und Flora ihr Gesicht in das zottelige Fell senkte. Und als er schließlich genug hatte, schüttelte er sich und erfüllte die Luft wieder mit dem Duft nach Gewürzen, dann folgte eine weitere Reihe von Purzelbäumen. Pip stieß einen Jauchzer aus, zeigte auch ein paar Purzelbäume, schlug danach ein Rad und machte dann noch einen Salto rückwärts. Er hatte seine Zirkuskunststücke in Sunny Bay nie vorgeführt. Die alten Zeiten waren vorbei, er wollte nicht mehr an sie denken. Wie Flora hatte er die Vergangenheit in einer Schachtel ganz hinten in seinem Schädel verstaut und den Deckel geschlossen – aber hier draußen im Wald schien das alles zu weit weg, um noch wichtig zu sein.

Der Bär hörte auf, sich den Rücken an der knorrigen Rinde einer Korkeiche zu kratzen, und stapfte zwischen den Bäumen davon, dann blieb er stehen und schaute über die Schulter, wie um die Kinder zu fragen: *Und? Wollt ihr nicht mitkommen?*

»Eigentlich könnten wir ihm folgen«, sagte Pip. »Bären brauchen doch Nahrung, oder? Vielleicht führt er uns ja zu irgendwas Essbarem.«

Pip war es gewohnt, sich alles zu schnappen, was er an Krusten und Krümeln finden konnte. Flora war in ihrem einsamen Kinderzimmer ständig von Zofen und einem Koch umgeben gewesen und hatte regelmäßig ihr Essen bekommen, angerichtet auf feinstem Porzellan. Nicht dass sie irgendetwas davon vermisste – doch es schien lange her, seit sie zum letzten Mal eine Schüssel Haferbrei mit Rübensirup und einen Toast mit Butter gegessen hatte, womit in Sunny Bay jeder Tag begann. Und sich in einem Wald zu verlaufen und einen freundlichen Bären zu treffen, war hundertmal besser, als sich zu verlaufen und keinen Bären im Wald zu treffen.

Also folgte sie Pip, doch sie humpelte. Und als ihr ein weiteres Stechpalmenblatt mit seinen Dornen in die Ferse stach, fuhr sie zusammen. Auf einem Bein stehend, hielt sie den bloßen Fuß in ihrer Hand fest.

Es tut weh …

Pip schaute nachdenklich auf den breiten Rücken des Bären. »Meinst du, du kannst auf ihm reiten?«

Unter all dem Spielzeug in Floras Kinderzimmer hatte es auch ein

geschecktes Schaukelpferd mit wehender Mähne und einem hübschen Schweif gegeben. Weil sie sonst nichts zu tun wusste, hatte sie sich viele Stunden lang schaukelnd auf Fantasiereisen begeben. Was sollte bei dem Bären groß anders sein? Flora nickte.

Der Bär blieb geduldig stehen, als Pip ihr hinaufhalf. Der Rücken des Tiers war so breit, dass ihre langen Beine zu beiden Seiten abstanden.

»Meine Mutter ist im Zirkus auch ohne Sattel geritten«, meinte Pip, als sich der Bär rührte und Flora fast heruntergefallen wäre. »Bären haben viel mehr Fell zum Festhalten als ein Pony. Hier, nimm du lieber Tiger.« Er reichte ihr den Welpen hinauf. »Sonst rennt er nur wieder los und verläuft sich.«

Der Bär schien zu wissen, wo er hinwollte, und wankte in ruhigem Schritt durch den Wald. Vögel zwitscherten. Die Nachmittagssonne sickerte wie warmer Sirup durch die Blätter über ihren Köpfen. Während Flora den Geruch nach Zimtsternen einatmete und sich an das rhythmische Schwingen der Bärenschultern gewöhnte, vergaß sie, wie hungrig und durstig sie war und dass sie sich verlaufen hatten. Etwas Neues und Unerwartetes passierte mit ihr ... Flora war glücklich.

Sie waren eine ganze Weile gelaufen, als der Bär plötzlich stehen blieb. Er hob seine Schnauze, schnupperte und lief dann weiter, diesmal in einem ziemlich flotten Tempo. Pip war gerade noch rechtzeitig zur Stelle, um Tiger aufzufangen, als der Welpe herunterpurzelte.

Flora krallte sich ins Fell und drückte sich eng an die Schultern des Bären. Und wie die Welt so an ihr vorbeijagte, sah sie kurz etwas Vertrautes: eine kleine Person mit einem runden Gesicht, runden Augen und einem Mund, der vor Überraschung kreisrund nach vorn gestülpt war.

Gorbo!

10

»Spring, Miss Flora!« Gorbo schlug wie verrückt mit den Armen. »Runter von dem Bären! Sei –«

Sei was? Flora hörte den Rest nicht mehr, in ihren Ohren gab es nur noch das Krachen und Splittern, mit dem der Bär durch das Unterholz stürmte. *Umppph!* Als er plötzlich schlitternd stehen blieb, verlor sie den Halt und glitt zu Boden. Der Bär stand jetzt auf den Hinterbeinen und knurrte und kratzte mit seinen Krallen an der Rinde eines Baums.

Keuchend kam Pip angelaufen. »Was macht der? Was ist das für ein Lärm?«

Der Baum summte. Das Summen wurde immer lauter und eine Wolke von irgendetwas, das aussah wie Rauch, drang aus dem Baum. Ein summender, wütender Rauch, schwarz und gelb gestreift.

Bienen! Hunderte.

Flora war bereits aufgesprungen, rannte davon und schützte ihr Gesicht mit den Armen. Mit Tiger fest umschlungen, jagte ihr Pip hinterher. Sie liefen immer weiter, so weit wie möglich von der Wolke der wütenden Bienen fort, bis sie etwas, das quer über den Weg gespannt war, zu Boden warf.

»Eine Schnur«, sagte Pip. »Was macht die denn hier?«

»Könnte mir gehören«, gab eine vertraute Stimme zu. »Ich glaube, ich hab ein bisschen die Kontrolle verloren.«

Gorbo half ihnen auf. Er trug einen Bogen und einen Köcher mit lauter Pfeilen über die Schulter geschlungen und hatte ein Einkaufsnetz dabei, das halb aufgeribbelt war.

»Was in aller Welt aus Pudding und Torten macht ihr zwei denn hier im Wald, noch dazu auf dem Rücken eines Zimtbären? Sind ja meistens recht friedlich, aber sobald sie Honig riechen, drehen sie durch. Es ärgert die Bienen, wenn die Zimtbären zulangen, ohne zu fragen, und wenn du ihnen dann in die Quere kommst, endet das meist auf eine ziemlich autsch-übel-kratzjuckerich-stechende Weise.«

»Werden Bären denn nicht von den Bienen gestochen?«, fragte Pip.

Gorbo schüttelte den Kopf. »Ihr Fell ist zu dick und sie haben auch ganz besonderich bienensichere Nasen. *Da* bist du also, du ärgerliches Ding.« Durch das Wiederaufwickeln der verlorenen Schnur war er zu einem Brombeerstrauch gelangt, in dem sich das Ende verfangen hatte.

»Komisches Vieh habt ihr da«, meinte Gorbo. »Sieht aus wie ein schlecht gemachtes Kaninchen.«

Ein Laut drang aus Flora, der fast wie ein vorwitzig herausgeschlüpftes Kichern klang.

»Das ist ein Hund«, sagte Pip.

»Was?« Gorbo schien entsetzt. »Nein, das stimmt nicht. Ich weiß ja nicht viel, aber was Hunde angeht, da kenn ich mich aus. Hunde sind große, schwere Bestien mit trottenden Beinen und langen, schnappenden Schnauzen voll messerspitzscharfer Zähne!«

»Der hier gehört zu einer anderen Sorte«, erklärte Pip. »Hunde gibt es in unterschiedlichen Größen, Gorbo. So ... so wie es auch Schnüre in unterschiedlichen Längen gibt. Dieser Hund heißt Tiger – und er ist unser Freund.«

»Na gut, in *dem* Fall...« Gorbos Gesicht hellte sich auf. »Wer euer Freund ist, der ist auch Gorbos Freund. Mag er Pfannkuchen?«

Pfannkuchen! Oh! Floras Augen waren plötzlich ein einziges sehnsüchtiges Verlangen.

»Wir mögen alle Pfannkuchen«, sagte Pip. »Denn wir haben seit dem Frühstück nichts mehr zu essen gekriegt.«

Gorbo schaute entsetzt. »Das ist schlimm. ›Nur mit einem vollen Magen kannst du mutig alles wagen«, wie meine Mutter immer gesagt hat. »Lass dich niemals auf ein Abenteuer ein, bevor du nicht für alle Notfälle eine Torte gebacken hast, mein Sohn.‹ Ich fürchte, für eine Torte ist es leider zu spät – die hab ich schon aufgegessen –, aber ein paar Pfannkuchen sind noch übrig.« Er kramte in dem, was von seinem Einkaufsnetz übrig war – das meiste schienen weitere Schnüre zu sein –, und zog schließlich ein paar flache, labberige Dinger heraus. »Kochen und Backen sind nicht gerade das, was ich besonders gut kann, doch um ehrlich zu sein, weiß ich gar nicht, *was* ich eigentlich gut kann, auch wenn meine Tante Plumpser meint, ich hätte ein ziemlich bemerkenswertes Talent zu einem dämlich depperten, dödeligen und döspaddeligen dicken Dummkopf.«

Gorbos Pfannkuchen waren zwar ein bisschen lederig, aber mit

Meersalz und wildem Thymian gewürzt, und die Kinder hatten viel zu viel Hunger, um groß an ihnen herumzunörgeln.

»Es scheint mir sehr merkwürdig«, sagte Gorbo, während sie aßen, »dass euch die wunderbar weise Miss Watkyns allein hier draußen herumlaufen, auf honigbesessenen Bären durch den Wald jagen und in wer weiß was für gruselige Gefahren geraten lässt, ohne dass ihr ein einziges Stück Torte dabeihabt. Es wurden zwar schon seit längerem keine Drachen mehr in dieser Gegend gesehen und auch das letzte Menschenfressermonster ist ausgerottet, aber es geht immer noch große Gefahr von Wobsern aus – ganz zu schweigen davon, wenn euch die Kelpse gefangen hätten.«

»Was ist ein Kelp?«, fragte Pip mit vollem Mund.

»Böse, jedenfalls meistens. Das ist ihr Leben.« Gorbo wedelte mit der Hand. »Auf dieser Seite des Flusses wurde schon lange keiner mehr gesichtet, was auch gut ist. Ich bin nie einem begegnet – und das will ich auch gar nicht –, aber jeder kennt die Geschichten. ›Hütet euch vor den Kelpsen, ihr Herz ist kalt wie Eis. Sie essen gern Babys, gekocht mit Reis …‹ Der Spruch geht noch weiter«, ergänzte Gorbo finster, »aber ich will euch nicht den Pfannkuchen verderben. Kelpse sind nicht freundlich und Schnerge mögen sie schon mal gar nicht: So ist es nun mal und so ist es immer gewesen.«

»Mal angenommen, wir würden einem begegnen«, überlegte Pip und schluckte die letzten Krümel von seinem Pfannkuchen runter. »Woran würden wir ihn erkennen? Wie sehen die Kelpse denn aus?«

»Lang und nudelig, so wie ihr Menschen«, antwortete Gorbo. »Nicht wie ein Schnerg. Einen Schnerg erkennt man sofort, wenn man ihm begegnet. Nicht größer als unbedingt nötig und fast immer fröhlich. Außer wenn wir Hunger haben. Und das ist ein gewisses Problem …« Während er den letzten Pfannkuchen an Tiger verfütterte, der bereits drei verschlungen hatte und zu einem viel zufriedeneren Welpen aufquoll, schaute Gorbo in sein Einkaufsnetz. »Ich dachte, ich hätte genug zu essen dabei, dass es reicht, bis ich nach Hause komme, aber jetzt seh ich, ich muss euch beide dringend zurück zu Miss Watkyns bringen. Das bedeutet 1 lange Wanderung plus 3 Mägen ...« Er zählte mit den Fingern und schaute dabei auf Tiger. »Plus noch 1 Magen plus nichts mehr zu essen. Das ist keine gute Rechnung. Sie geht nicht auf.«

Pip und Flora sahen sich an und hatten denselben Gedanken im Kopf.

»Wir wollen nicht zurück nach Sunny Bay«, verkündete Pip. Flora schüttelte den Kopf und ließ die trockenen Blätter in ihren Locken rascheln. »Wir wollen mit *dir* gehen, Gorbo.«

»Davon weiß ich nichts.« Gorbo kratzte sich am Kopf. »Was würde wohl Miss Watkyns dazu sagen?«

»Warum sollte sie das kümmern?«, antwortete Pip. »Sie will uns doch sowieso nicht – wir regen sie ja nur auf. Sie sind alle ohne uns zum Picknick gefahren. Die haben uns einfach zurückgelassen. Ganz bewusst.«

Gorbo wirkte bestürzt. »Aber Miss Watkyns ist doch weise und nett.«

Pip schüttelte den Kopf. »Nicht, wenn du die Regeln brichst, dann ist sie kein bisschen nett. *Dich* hat sie doch auch weggeschickt. Und sie wird froh sein, wenn sie uns beide genauso los ist. Bitte, Gorbo. Wir wollen sehen, wo du wohnst – und noch andere Schnerge treffen.«

Als ihn die zwei Augenpaare bettelnd ansahen, wurde Gorbo nervös.

»Die Stadt der Schnerge ist ein wunderbarer Ort«, gab er zu. »Und die Feste der Königin sind das Allerwunderbarste. Eines findet heute Nacht statt ...« Sein Gesicht verdunkelte sich. »Aber die Königin ist nicht glücklich mit dem armen Gorbo. Ich soll nicht eingeladen werden.«

»Und wieso nicht?«

Gorbo seufzte. »Es gab ein bisschen Ärger beim letzten Fest: Es wurde aus Anlass des 373-dreiviertelsten Geburtstags ihrer Majestät gefeiert. Ich weiß nicht mehr *genau*, was passiert ist. Vielleicht hat es einen Tanz gegeben. Vielleicht war ich auf dem Tisch. Und *womöglich* hab ich ein paar Purzelbäume geschlagen. Und vielleicht hat es so eine Art *Ausrutscher* gegeben. Es besteht die eindeutige Möglichkeit, dass ich klatsch! in der Geburtstagstorte von ihrer Majestät gelandet bin. Man konnte von Glück reden, dass die Kerzen noch nicht angezündet waren, aber ich saß auf jeden Fall ziemlich in der Patsche. Meine Kniehosen waren rundum *beschmiert und bekleckert.* Neben Obstkuchen mag ihre Majestät Torten am allerliebsten und diese war von dem Ober-Pudding-Knaben nach ihrem Ebenbild erschaffen worden.

»Torte«, erklärte Gorbo, »sieht aber einfach nicht mehr so aus wie vorher, wenn jemand dringesessen hat. Die Königin hat mich danach weggeschickt.« Er stieß einen herzerweichenden Seufzer aus. »Und nun hat mich auch Miss Watkyns fortgeschickt. Die Königin wird es erfahren und dann werd ich für die nächsten hundert Jahre zu keinem Fest mehr eingeladen, so wahr wie Wobser Zähne haben.«

»Lass uns mitkommen«, beschwatzte ihn Pip, »dann erklären wir, es war unsere Schuld, dass Miss Watkyns dich fortgeschickt hat.«

Gorbo zögerte. »Die Schnerge würden euch sicher gern kennenlernen, sie lieben Besuch. Und die Königin würde sich bestimmt freuen, etwas von ihrer guten Freundin Miss Watkyns zu hören.«

»Miss Watkyns ist der Königin mal begegnet?« Pip war überrascht.

»Na ja, das ist lange her«, antwortete Gorbo vage und wechselte eilig das Thema. »Also, wenn ich ihr ein paar Honigwaben als Geschenk mitbringe, vielleicht würde sich dann ihre Stimmung ja etwas versüßen ... sofern nicht der Bär bereits alles verschlungen hat.«

»Und die gemeinen Bienen?«, fragte Pip. »Stechen die dich denn nicht?«

»Ich werde sie höflich fragen – und wie auch immer, Schnerge haben eine sehr dicke Haut«, erklärte Gorbo freudig. »Aber ihr zwei solltet lieber hierbleiben. Wenn ich es mal so sagen darf: Ihr riecht stark nach Zimt – die Bienen könnten euch für einen Bären halten. Wenn irgendwas ist – irgendwas Unangenehmes –, dann macht einfach das hier …« Er legte die Hände um seinen Mund. »… *uuu-k-uck … uuu-k-uck … uuu-k-uck* … Das ist der Ruf des Verirrwirrten Kuckucks. Wenn es Probleme gibt, ruft einfach, dann bin ich zur Stelle.

Die Kinder sahen zu, wie er lostrottete und in seinem grünen Wams und den ramponierten braunen Kniehosen bald mit dem Unterholz verschmolz.

»Ich bin froh, dass wir ihn gefunden haben«, sagte Pip.

Jetzt wird alles gut, stimmte Flora ihm zu.

Gorbo war vielleicht nicht der erwachsenste aller Erwachsenen, die sie kannten – weder von der Größe her noch in jeder anderen Hinsicht –, doch sie vertrauten ihm, dass er vorsichtig sein würde.

Wenn man Miss Watkyns gefragt hätte, wäre sie vielleicht skeptisch gewesen, allzu großes Vertrauen in einen derart schusseligen Schnerg wie Gorbo zu setzen.

Und womöglich hätte Miss Watkyns recht behalten.

11

»*Au!*«

Pip hatte auf dem Bauch gelegen und gedankenlos die Ameisenreihe beobachtet, wie sie die letzten Pfannkuchenkrümel forttrug. Von Floras Schrei aufgeschreckt, schaute er hoch.

»Flora, hast du gerade was *gesagt?*« Er brach ab und starrte sie an.

Flora hatte, mit dem Rücken an einen Baumstamm gelehnt, dagesessen und Splitter aus ihrem nackten Fuß entfernt. Jetzt verzog sie vor Schmerz und Schock das Gesicht und kämpfte gegen ein Wesen, das mit seinem gekringelten Schwanz von einem Ast über ihrem Kopf herunterhing. Es baumelte wie ein aufgeblähter rosa Luftballon. Kahl und borstig, mit vorstehenden Fischaugen, stieß es seinen langen gezackten Schnabel in Floras Haare.

»Hey, *runter* von ihr!« Pip sprang auf die Beine und sah sich nach einer Waffe um. Schließlich schnappte er sich einen Stock und schwang ihn gegen das Wesen. »Hau *ab!*«

Tiger, der wohlig mit Pfannkuchen abgefüllt war, hatte in einem warmen Sonnenflecken gedöst. Jetzt war er hellwach und stürzte auf den Baum zu. Er stand auf den Hinterpfoten, kläffte und schnappte, als sich plötzlich ein weiterer rosa Klecks herabschwang, ihm den Schwanz um seinen Hals schlang und ihn hochhob.

Flora stieß ein Wutgeheul aus, streckte blitzschnell die Hand aus und erwischte den Schwanz des Welpen gerade noch, als der Rest des Hündchens bereits zwischen den Blättern verschwand. Der arme Tiger winselte und fühlte sich unangenehm gestreckt, als ihn ein kräftiger Schnabel am einen Ende nach oben riss und Flora ihn am anderen Ende nach unten zog. Es schien, als ob der Schnabel das Tauziehen gewinnen – oder Tiger in zwei Hälften enden würde, als Pip die Hände um seinen Mund legte.

»*Uuu-k-uck … uuu-k-uck … uuu-k-uck …*«

Plötzlich tauchten überall rosa Kleckse auf und schwärmten auf klebrigen Schwimmfüßen und mit klackenden Schnäbeln die Baumstämme hinab.

»*Uuu-k-uck … uuu-k-uck …*«

Während sich Flora verzweifelt an Tigers Schwanz klammerte, schlug Pip mit seinem Stock zu. Die Wesen machten schreckliche Gurgellaute wie ein kaputtes Abflussrohr, doch es half nichts: Es waren einfach zu viele.

Gerade als ein besonders aufgedunsener Klecks direkt vor Pip zu Boden fiel, den Schwanz um seinen Knöchel schlang und ihn zu Fall brachte, schwirrte plötzlich mit einem *Fffuttt* ein Pfeil durch die Luft.

»Zwei mal zwei ist vier«, schrie Gorbo. »Drei mal drei ist neun.«

Die Kleckse erstarrten und schienen leicht zusammenzuschrumpfen.

»Vier mal vier ist sechzehn!« Gorbo kam krachend und atemlos durch das Farnkraut gehetzt.

Die Kleckse glucksten und verdrehten die glibberigen Augen. Pip gelang es, seinen Fuß freizukriegen, und auch der Schwanz um Tigers Hals löste sich.

»Fünf mal fünf ist fünfundzwanzig«, keuchte Gorbo. »Verschwindet oder ich mathematisiere euch lausige Wobserklopse. Sechs mal sechs ist sechsunddreißig. Sieben mal sieben ist … äh … irgendwas mit vierzig. Sieben … undvierzig …?«

Bei Gorbos Fehler erholten sich die Wobser sofort. Es waren jetzt

mehr denn je, sie ergossen sich aus den Baumkronen und gurgelten triumphierend.

»Acht mal acht ist«, schrie Gorbo. »ähm … ähm …«

»Vierundsechzig!« Das war Flora. Die Worte befreiten sich aus ihrer Kehle, als mehrere Wobserschnäbel gemeinsam an ihren Haaren zerrten. »Neun mal neun ist einundachtzig. Lasst mich *los,* ihr elenden, ekelhaften, entgeisterten und entblödeten *Schwabbelschwanzpuddinge!* Zehn mal zehn? Viel zu leicht. Elf mal elf ist hunderteinundzwanzig! Lass Tiger in *Ruhe,* er ist kleiner als du, du feiges, aufgeblasenes, glotzäugiges Schwein! Zwölf mal zwölf ist hundertvierundvierzig! Dreizehn mal dreizehn ist … Moment, ich weiß es … hundertneunundsechzig!«

Das war zu viel für die Wobser. Blubbernd und pfeifend wie boshafte Dampfkessel ergriffen sie die Flucht und krabbelten zurück in die Bäume.

»Flora!« Pip starrte sie an. »Hast du gehört, was du gerade *getan* hast?«

Aber Flora zog nur die eine Schulter hoch und verschwand wieder hinter ihren Haaren. Sie wusste nicht genau, was passiert war, sie hatte es nicht erwartet. Die Wörter waren wie eine Art riesiger Hustenanfall aus ihrem Mund geschossen.

»Und noch dazu so was Gutes!« Gorbo zog höchst erleichtert seine Kappe zurecht. »Das ist der Haken bei den Wobsern. Niemand weiß, warum, aber sie können Malnehmen einfach nicht ertragen. Die Sache ist nur: Wenn ich mich in der Eile an die Ergebnisse erinnern soll, fallen sie mir manchmal nicht ein. Wir hätten ganz schön in der Klemme gesteckt, wenn sich Flora nicht als so karachohaft klug erwiesen hätte.«

Flora klammerte sich fest an Tiger und schüttelte leise den Kopf. Ihre Gouvernante war von Tests besessen gewesen: in Geschichte, Erdkunde, Rechtschreibung und Mathematik. Und wenn du jahrelang jeden Tag einen und montags sogar zwei Tests schreiben musst, bleibt es gar nicht aus, dass du viel weißt. Flora sagte das nicht. Der

Klang ihrer Stimme nach so langer Zeit hatte sie genauso erschreckt wie die Wobser.

Auch Pip schwieg. In Sunny Bay hatte Mister Gribblestone alles versucht, ihm ein bisschen Rechnen beizubringen. Aber Pip hatte selbst bei den simpelsten Aufgaben nur mit leerem Blick dagesessen. Immer gab es gerade etwas Wichtigeres, worüber er nachdenken musste. Jetzt begriff er zum ersten Mal im Leben, dass der ganze Kram aus der Schule vielleicht doch zu etwas nützlich sein könnte, und zwar dann, wenn man es am allerwenigsten erwartete.

»Wenn ich ein bisschen genauer geschossen hätte, hätten wir jetzt vielleicht einen Wobser braten können.« Gorbo zog seinen Pfeil aus dem Baumstamm, in dem er stecken geblieben war. »Obwohl ich nicht behaupten kann, dass sie besonders gut schmecken – gummiartig und ein bisschen schleimig. Ich hab noch nie so viele auf einmal gesehen.«

»Am Anfang war nur einer da«, sagte Pip. »Der hat an Floras Haaren gezogen. Dann kam ein zweiter und hat versucht, Tiger zu klauen, also hab ich gedacht, ich ruf dich mal besser, so wie du gesagt hast – aber plötzlich waren sie überall. Was ist denn bloß schiefgegangen, Gorbo?«

Gorbo hatte sich die eine Hand vor den Mund geschlagen und die andere benutzt, um sich auf den Kopf zu hämmern.

»Gorbo, du strohköpfiges, stumpfsinniges, schwachgeistiges Schrumpfhirn«, beschimpfte er sich selbst. »Tante Plumpser hatte vollkommen recht, du bist eine Schande für alle Schnerge! Du hast es *verdient,* dass dich die Wobser zu Tode nagen, dass sie dir sämtliche Knochen brechen, dass sie dein Blut schlürfen und dass sie die zähen Teile von dir kräftig durchkauen und dann wieder ausspucken ...«

Er war auf die Knie gegangen und schlug weiter auf sich ein. Die Kinder sahen ihn besorgt an.

»Gorbo, bitte hör auf«, bettelte Pip. »Was ist denn nur los?«

Gorbo schluckte einen Seufzer runter. »Das war ich. Ich hab dir gesagt, du sollst das Signal schicken!«

»Den Ruf des Verirrwirrten Kuckucks?« Pip legte die Hände um seinen Mund. *»Uuu-k-uck –«*

»Nicht! Tu das nicht, Meister Pip«, flehte ihn Gorbo unter Tränen an. »Nicht, wenn du vermeiden willst, dass sie alle zurückkommen! Was ich nämlich vergessen hab – ich dämlicher, dumpfhirniger Dummbasel von einem Schnerg: Verirrwirrte Kuckucke sind die Lieblingsspeise der Wobser! Ich hätte beinah dafür gesorgt, dass sie euch fressen. Was würde nur Miss Watkyns dazu sagen? Nein, ich bin wirklich keine geeignete Person, um auf unschuldige Kinder aufzupassen. Es wird Zeit, ein Mal in meinem Leben ein wirklich vernünftiger Schnerg zu sein und euch auf schnellstem Wege nach Sunny Bay zurückzubringen.«

Pip zog die Augenbrauen kraus. »Kennt Miss Watkyns Wobser? Denn wenn ja – wieso hat sie dann gesagt, dass es so was nicht gibt?«

»Miss Watkyns ist die großartigste und klügste Frau«, antwortete Gorbo entschieden. »Ich bin sicher, sie hatte sehr gute Gründe dafür.«

»Es wär ihre Schuld gewesen, *wenn* uns die Wobser gefressen hätten«, sagte Pip. »Sie hätte uns vor ihnen warnen müssen. Aber nein, ist ihr doch egal – total egal! Schick uns nicht zurück, Gorbo. Noch nicht. Wir gehen nicht zurück, oder, Flora?«

Flora schüttelte hinter ihren Haaren den Kopf.

»Wenn du versuchst, uns zu zwingen«, sagte Pip und legte die Hände um seinen Mund, »dann tu ich es wieder. Ich mache den Laut des verdingsbumsten Kuckucks nach …«

»Nein, tu das nicht!«, bettelte Gorbo. »Oder wir sitzen hier fest und machen mathematisch akrobatische Hirngymnastik, bis wir krank im Kopf werden. Wollt ihr nicht lieber vernünftige Nudelinge sein und –«

»Wir werden sehr vernünftig sein«, versprach Pip, »aber nur, wenn du uns zu den Schnergen bringst.«

Gorbo gab auf. »Nun denn, wenn das so ist …«, seufzte er. Dann nahm er den Bogen über die Schulter und zog seine Kappe über die Ohren. »Also gut, auf geht's – ins Land der Schnerge.«

Sie waren noch nicht lange unterwegs, als der Bär zu ihnen zurückgezockelt kam, ihnen mit seiner ziemlich klebrigen Schnauze gegen die Beine stieß und sich auf dem Boden wälzte, um ihre Aufmerksamkeit zu gewinnen.

»Wenn du nichts Besseres zu tun weißt, als bloß ein paar rumpeldipumpelige Purzelbäume zu schlagen«, erklärte ihm Gorbo streng, »dann kannst du dich genauso gut nützlich machen und jemanden auf deinem Rücken tragen.«

Als sich die kleine Reisegruppe auf den Weg machte, bemerkte niemand von ihnen ein einzelnes grünes Auge, das sie durch den Farn hindurch beobachtete – vor allem Flora mit ihrem fehlenden Schuh.

12

»Schnerge! Wie ich die hasse! Hopsen herum wie kleine Sonnenstrahlen und sind dabei auch noch ständig so dämlich hilfsbereit und freundlich. Müssen die eigentlich dermaßen fröhlich sein? Das macht mich ganz krank.«

Die Stimme der Frau war so bitter wie das Nachtschatten-Gelee, das sie gebraut hatte. Sie hatte es in eine Schüssel gegossen, die ein polierter Schädel war. Das Gelee war noch nicht ganz steif. Als sie die Schüssel schwenkte, schwappte die Oberfläche immer noch leicht. Die Frau runzelte die Stirn und zwirbelte eine Locke von ihrem holunderbeerfarbenen Haar.

»Kannst du sie sehen, Mudder?« Ihr riesiger Sohn stand neben ihr und rieb sich die lädierte Nase.

»Dieser Idiot Gorbo führt sie zu den Schnergen.« Gereizt versetzte sie der Schädelschüssel einen Schlag, dass sich das Gelee kräuselte.

»Sag mir bitte nicht, dass ich dort hinsoll, Mudder«, winselte der Riese. »Die haben Vögel. Große Vögel. Mit schnappenden Schnäbeln und grimmigen Füßen.«

»Ich habe Gurken erlebt, die mehr Mut hatten als du«, erwiderte seine Mutter. »Womit habe ich bloß einen solchen Sohn verdient? Einen Sohn, der nur Müll im Kopf hat und weniger Rückgrat als ein gekochter Brokkoli. Ich brauche deine Hilfe nicht. Gubbin ist ihnen dicht auf den Fersen.«

»Brudder Gubbin tut nicht immer das, was du sagst. Er ist ein böser Junge. Nicht wie ich«, sagte das Menschenfressermonster brav. »*Ich* bin dein guter Junge.« Er streckte seine tollpatschige Faust aus, um ihr die Schulter zu tätscheln, doch sie schob ihn genervt beiseite.

»Ich seh nichts«, beklagte sie sich. »Du stehst im Licht, du Holzkopf. Ich will das Mädchen sehen. Bald werde ich sie in meiner Macht haben … dann geht es los.«

»Und wenn es vorbei ist, dann darf ich wieder Knochen essen«, sagte das Menschenfressermonster selig. »Außen knusprig und innen saftig. Darf ich doch, Mudder, oder?«

»So viele du willst, mein Sohn.« Die Frau starrte in die dunkelrote Tiefe ihres Gelees und schürzte die Lippen, als es ihr ein Haus am Meer zeigte – ein großes Gebäude mit langen Schornsteinen und hohen Eisentoren, bewacht von zwei Vogelbeerbäumen.

»Du glaubst, du kannst mich mit deinen Vogelbeeren und deinem Rosmarin draußen halten«, murmelte sie jemandem zu, der nicht da war. Aber so dumm bin ich nicht. Das wirst du schon sehen. Flammen und schwarzer Rauch werden die Sonne in Sunny Bay auslöschen, bis alle Erinnerungen nur Asche sind, die der Wind verweht …«

DRITTER TEIL

in dem die Reisenden in der Stadt
der Schnerge ankommen und Gorbo
eine Nicht-Einladung erhält.
Die Königin feiert ein Fest mit einer
ausreichenden Menge an Torte.
Es gibt Gesang und Kopfstehen
und das Abenteuer scheint bereits fast vorbei –
da findet Tiger etwas, dem er durch die
Hinterlistigen Bäume nachjagen kann …

13

Anstatt ihr Waldgebiet zum Bauen zu roden und plattzumachen, errichten Schnerge ihre Häuser in den Bäumen, zwischen den Bäumen und um die Bäume herum. Das Erste, was du davon mitkriegst, wenn du dich näherst, sind klimpernde Windspiele und die Farbkaskaden, die aus den Blumenkästen und Körben hoch in den Ästen wachsen. Als Nächstes werden dir vielleicht die Vogelnester auf den sich drehenden Schornsteindeckeln, steile rote Dächer und fröhlich bunte Eingänge auffallen, die sich hinter den Blättern verstecken, und dazu die sich hoch hinaufwindenden Holzstiegen an den unerwartetsten Stellen.

»Da sind wir«, sagte Gorbo und sein Gesicht hellte sich auf. »Reisen sind ja immer sehr schön, aber die besten führen einen nun mal nach Hause, wo alles da ist, wo du es zurückgelassen hast, wo sich die Möbel freuen, dich wiederzusehen, und wo es so viele Schnüre gibt, wie du willst.«

Gorbos Rückkehr sorgte allerdings für Unruhe. Kaum hatte man ihn entdeckt, ging ein Gekreische los.

»Ich bin geplättet! Wenn das nicht Gorbo, die alte Nonsenstüte, ist!«

»Hurra, Gorbo. So schnell zurück?«

»Pünktlich zum Fest heute Abend – passt ja mal wieder perfekt zu Gorbo!«

»Weiß die Königin, dass er zurück ist?«

Schnerge begrüßen jeden Freund, den sie länger als zehn Minuten nicht gesehen haben, indem sie die Handgelenke kreuzen, sich an den Händen fassen und im Kreis herumwirbeln. Das führt zu äußerst energiegeladenen Versammlungen und gefährlichen Situationen für alle, die vorbeigehen.

Als sich immer mehr von ihnen zusammenfanden, um Gorbo zu begrüßen, packten sie auch Pip und Flora und wirbelten die beiden so lange herum, bis ihnen ganz schwindelig war. Als Pip und Flora ihre Benommenheit endlich weggeplinkert hatten, schauten sie sich um und entdeckten die ganze Kunterbuntheit, die eine Schnergenstadt ausmacht.

Schnerge sind große Baumeister. Wenn ihre Familien wachsen (oder ihre Sammlungen von Schnüren, Marmeladen, interessanten Kieselsteinen und sonst irgendwann vielleicht einmal nützlichem Kram), errichten sie Anbauten. Wenn es im Erdgeschoss keinen Platz gibt, bauen sie sie weiter oben. Manchmal stößt so ein Anbau im ersten, zweiten oder dritten Stock mit einem anderen Anbau zusammen, der zum Haus gegenüber oder nebenan gehört. So entsteht ein ganzes Netz aus Brücken und praktischen Übergängen für freundliche Nachbarn. Im Moment schien in jedem Eingang, an jedem Fenster und über jeden Balkon gebeugt ein Schnerg zu stehen.

»Gorbo? Welche Dummheit hast du denn diesmal vor?« Ein sehr alter Schnerg, der gerade seinen Blumenkasten hoch oben in einer Silberbirke versorgte, winkte dem Heimkehrer mit seiner Gießkanne zu. »Und was hast du denn da mitgebracht?« Er schaute auf Flora. »Ihre Beine sind viel zu lang. Ist doch nicht etwa ein Kelp, oder?«

»Kelp ... Kelp ...«

Das Raunen jagte wie ein Lauffeuer durch die Stadt, vor dem die Schnerge erschrocken zurückwichen.

»Natürlich ist sie kein Kelp«, sagte Gorbo genervt. »Das sind

Freunde von mir aus Sunny Bay. Sie gehören Miss Watkyns – also passt auf, was ihr sagt!«

»*Miss Watkyns ... Miss Watkyns ...*«

Diesmal klang das Raunen respektvoll.

»Wir *gehören* ihr nicht«, sagte Pip. »Wir gehören niemandem. Und auch nirgendwohin.«

»Hey, Gorbo!«

Eine Schnergin saß breit grinsend und mit Hammer und Säge bewaffnet auf einem Dachgiebel, den sie gerade reparierte. »Dann hast du sie also getroffen, die weise Watkyns? Hat sie einen vernünftigen Schnerg aus dir gemacht?«

»Für dich immer noch *Miss* Watkyns – und natürlich hab ich sie getroffen. Wir sind sehr gute Freunde, sie und ich«, erklärte Gorbo nicht ganz wahrheitsgemäß.

»Und wieso bist du dann zurückgekommen? Weiß sie eigentlich, dass du zwei von ihren Halbnudeln geklaut hast?«

»Ich hab sie nicht *geklaut*«, widersprach Gorbo. »Sie sind gekommen, um die Königin zu besuchen. Dieser edelmütige Bär hat sie eine weite Strecke getragen.«

Seitlich der langen Hauptstraße gab es einen kleinen Stand voller Körbe mit Äpfeln. Dahinter saß eine rotbackige Schnergin, die selbst wie ein Apfel aussah.

»Einen Apfel für den Bären, wenn's recht ist, Miss Mopsa«, sagte Gorbo, griff in die Tasche seiner Kniehose und zog eine Handvoll Muscheln heraus, die er am Strand von Sunny Bay gesammelt hatte. Gerade als die Schnergin ihre liebsten Stücke herauspickte, fiel Gorbos Blick auf ein paar kleine Obsttörtchen.

»Eins für den Bären und je eins für meine Freunde – vergiss nicht den kleinen Haarigen – und dann bin auch noch ich da. Macht also fünf Törtchen, was eine sehr komische und krumme Zahl ist, deshalb nehmen wir lieber zwei für jeden, das ergibt eine schöne runde Zehn.«

»Zehn Törtchen kosten mehr Muscheln, als ich brauche«, sagte

Mopsa. »Erzähl uns eine Geschichte, Mister Gorbo. Wenn sie gut ist, dann kriegst du vielleicht sogar alle Törtchen.«

Es ist ein üblicher Brauch bei den Schnergen, dass man seine Einkäufe mit Geschichten bezahlt. Dadurch entstehen an Markttagen zwar sehr lange Schlangen, aber niemanden stört es, einer Geschichte lauschen zu müssen – und das Gute an Geschichten ist, dass sie – anders als Geld – niemals ausgehen.

»Eine Geschichte! Eine Geschichte!« Kleine Kinder schwärmten zwischen den Beinen des Bären hindurch und ließen sich im Schneidersitz zu Gorbos Füßen nieder.

»Kein Rumgezappel und kein Gequieke«, wies sie Gorbo zurecht. »Und damit beginnt die schreckliche Geschichte von Golitho, dem Menschenfressermonster mit dem fauligen Atem und den gewaltigen Eckzähnen ...«

»Aber Gorbo, die hast du uns doch schon beim letzten Mal erzählt«, beklagte sich eines der Schnerglein.

»Und das Mal davor auch«, sagte ein anderes.

»Die erzählt er immer«, sagte die Schnergin auf dem Dach und schlug mit ihrem Hammer einen Nagel ein. »Ist nämlich die einzige, die er kennt.«

»Eine gute Geschichte ist wie eine gute Torte – lohnt sich, sie öfter zu probieren«, behauptete Gorbo beleidigt.

»Wenn ich du wäre, würde ich lieber nicht von Torten reden, Gorbo!«, rief eine Stimme aus der Menge. »Nicht nach dem, was du mit der Torte der Königin angestellt hast!«

Alle lachten und dann klatschten sie Beifall, als Gorbo unerschrocken auf Mopsas Stand sprang und seine Arme in die Luft warf.

»Freunde, Schnerge, Bären – hört mir zu, dann erzähle ich euch eine neue Geschichte: die Geschichte vom wagemutigen Gorbo und seinen Abenteuern jenseits der Wälder, in dem wunderbaren Land von Miss Watkyns, wo das Sonnenlicht auf dem Meer flimmert, die Delfine aus dem Wasser springen und die Krebse alle seitwärtslaufen.«

Das Publikum schaute erwartungsvoll und mit großen Augen zu ihm hoch, doch weiter kam Gorbo nicht. Als sie ein Horn blasen hörten, rührten sich alle, bildeten eine Gasse und machten einem steifen Schnerg Platz, der eine große Feder an seiner Kappe und einen »Ich bin wichtig«-Ausdruck im Gesicht trug.

Der Schnerg blieb vor Gorbo stehen.

»Bist du Gorbo vom schlecht gebauten Haus bei der Birke?«

»Du weißt ganz genau, wer ich bin«, antwortete Gorbo. »Wir kennen uns seit der Zeit, als wir Schnerglein waren, Pompo.«

»Das war damals«, schniefte Pompo. »Jetzt bin ich ihrer Majestät der Königin medioloquenter, magnostupender, makrofalsettiger Meisterdiener und -bote. Hier ist die Botschaft für dich. Geh vorsichtig mit ihr um«, fügte er noch hinzu und reichte Gorbo einen flachen, rechteckigen Gegenstand. »Der Zuckerguss ist noch nicht hart.«

Es ist unter Schnergen Brauch, mit Keksen zu kommunizieren. Wenn du Glück hast, erreicht dich die Post genau dann, wenn du zwischen Frühstück und Mittagessen noch einmal Hunger kriegst; in dem Fall kannst du deine Briefe lesen und anschließend gleich aufessen. Die Königin hat Gebäckschreiber ausgebildet, die ihre Wünsche und Fragen in schön geschwungener und zusammenhängender Zuckerglasur schreiben. Als Gorbo so dastand und seinen Keks ansah, ging ein mitleidiges Raunen durch die Menge.

»Armer alter Gorbo, steckst wohl schon wieder in Schwierigkeiten …«

»Der Keks der Königin – das wird eine Nicht-Einladung zu ihrem Fest sein.«

»Pech, Gorbo.«

»Dann weiß sie also, dass ich zurück bin …« Gorbo wirkte ein bisschen verängstigt.

»Natürlich weiß sie das. Ihre königliche Herrlichkeit«, verkündete Pompo, »ist omnipräsent, omniscient – und omnivor. Für die, denen es an Bildung fehlt«, fuhr er mit einem höhnischen Blick auf Gorbo fort, »heißt das, sie *ist* überall, *weiß* alles und *isst* …«

»… alles. Ich weiß *das*«, konterte Gorbo. »Ich bin nicht so dumm, wie du denkst, Pompo. Deshalb behalt deine hippopotamonströsen Klugscheißerwörter für dich und schieb sie dir in deine dreckige Nase!«

Pompo zuckte die Schultern. »Wie auch immer«, sagte er etwas weniger hochmütig, »der Späher hat dich entdeckt.«

Alle schützten ihre Augen vor dem Sonnenlicht, das in den Blättern der Bäume tanzte, und schauten nach oben. In den obersten Ästen des höchsten Baums gab es eine Plattform aus Zweigen, ungefähr so wie ein großes Vogelnest. Dort stand eine kleine Gestalt, die zu ihnen herabblickte.

Gorbo betrachtete seinen Keks und seufzte. Der Zuckerguss war immer noch nicht fest und einige Buchstaben waren ineinandergelaufen. Doch das machte nichts – er wusste auch so, was auf dem Keks stand.

Das Fest der Königin fand statt, wann immer ihre Majestät Lust hatte, was bedeutete: ziemlich oft. Die ganze Stadt war dann eingeladen außer denen, die das Pech hatten, ihre königliche Hoheit verärgert zu haben. Und in diesem Sinne war es viel einfacher – und sparte Kekse –, statt lauter Einladungen bloß einige wenige Nicht-Einladungen zu verschicken. Es war nicht das erste Mal, dass Gorbo eine bekam.

Die barmherzige Königin der Schnerge
und deren näherem Umfeld
lädt Gorbo vom schlecht gebauten Haus
bei der Birke freundlichst

NICHT

zu dem Fest am heutigen Abend ein.
(Üblicher Ort. Übliche Zeit. Komm nicht.)

»Du darfst *nicht* kommen«, rieb ihm Pompo noch einmal unter die Nase. »Aber ihre majestätische multiradiale Magnifizenz will dich sehen. Und die Nudeln auch. Ich soll euch zur königlichen Eiche führen.«

»Jetzt?«, fragte Gorbo nervös.

»Ich kann ihre imperiale Irritation nicht auf die Folter spannen«, antwortete Pompo. »Beeilung, Alt und Jung!«

14

Der Palast der Königin war um eine hohe, ausladende Eiche herumgebaut. Das Netz aus Brücken und Übergängen, das vom Palast weg in nahe gelegene Bäume führte, bedeutete, dass sich wichtige Menschen – solche wie der Schatzkanzler der Marmeladentöpfe oder der Oberste Straußenhalter – bei Bedarf schnellstens zusammenrufen ließen. Der Spähposten hoch oben war immer besetzt, sodass man die Königin jederzeit von Überraschungsbesuchen durch Wobser, Kobolde und andere unerwartete Gäste in Kenntnis setzen konnte.

Sie liebte es zu wissen, dass ihre Schnerge glücklich ihrer Arbeit nachgingen. Schon bei der ersten Nachricht über einen Schnerg in Not – was alles von einem verstauchten Zeh bis zu einer verlorenen Einkaufsliste sein konnte – wurde sofort der Notdienst mobilisiert, um für Freude, Trost und Kuchen zu sorgen.

Pompo führte Gorbo, Pip und Flora Stufen hinauf, die sich um den Eichenstamm wanden, und danach zu einer hohen terrassenartigen Plattform mit Blick auf eine schwere Doppeltür. Als Pip auf die Schnerge unter ihnen hinabschaute, die alle den Blick nach oben gerichtet hatten, kam plötzlich eine schlechte Erinnerung in ihm hoch – ein kurzer Rückblick zu den Tagen auf dem Zirkustrapez. Pompo blies in sein Horn.

»Hör auf, uns Kopfschmerzen zu machen, Pompo«, sagte eine Stimme hinter der Doppeltür. »Du kannst auch einfach bloß anklopfen, so wie es alle anderen tun.«

Als die beiden Flügel der Tür aufschwangen, räusperte sich Pompo. »Euer majestätische Magnifizenz, sensualische Souveränin und barmherzige Königin aller Schnerge und ihres Umfelds –«

»Angeber«, murmelte Gorbo vor sich hin.

»Ich bringe Euch Gorbo vom schlecht gebauten Haus bei der Birke, zwei Halbnudeln und ein nicht identifiziertes Tier.«

Pip und Flora hielten sich dicht an Gorbo, weil sie nicht wussten, was sie zu erwarten hatten. Königliche können – selbst wenn sie nicht allzu groß sind – sehr unvorhersehbar sein. Das Innere des Palasts wirkte kühl und scheckig. Die Fensterläden waren zwar weit geöffnet, aber durch etliche Fenster wuchsen belaubte Äste samt einem Nest voller quiekender Vogeljungen herein. Die Königin saß, eingehüllt in einen Federmantel, auf einem Eichenthron. Ihre hoch aufragende Krone aus poliertem Holz glich die eigene fehlende Größe gut aus. Die Krone ragte von ihrem Kopf empor und war zu dem langen Hals und Kopf eines Vogels mit starkem Schnabel und juwelenbesetzten Augen geschnitzt. Weil es nicht schicklich für eine Königin ist, die Beine baumeln zu lassen, ruhten ihre Füße auf einem Federkissen.

Gorbo verbeugte sich so tief, dass er fast in der Mitte einknickte, und die geballten Fäuste lagen zum Schnergengruß übereinander auf seinem Kopf. Um höflich zu sein, taten es Pip und Flora ihm gleich.

»Seid gegrüßt, meine multidimensionale Majestät«, sagte Gorbo respektvoll. »Möge sich Euer Schatten ewig weit über das Schnergenland erstrecken.«

»Gorbo.« Die Stimme der Königin war tief für eine so kleine Person. »Du bist wie eine lästige Fliege, die ständig summend zurückkommt. Hat man dir nicht befohlen, dich aus dem Land der Schnerge zu entfernen und uns allen eine Pause deiner Torheit zu gönnen?«

»Ähm …«, antwortete Gorbo, immer noch mit dem Kopf nach unten und ziemlich gedämpft.

Pompo räusperte sich. »Am 33. Tag des Monats vor dem Monat nach dem Monat vor dem letzten«, zitierte er, »wurdest du, Gorbo, vom schlecht gebauten Haus bei der Birke, wegen eines Vergehens gegen ihre Majestät, die barmherzige Königin der Schnerge, angeklagt. Du wurdest des ungebührlichen Verhaltens bei Tisch und der Zerstörung des Desserts für schuldig befunden. Seither und fürderhin als Gorbo der Tölpel bekannt, wurdest du von diesem Ort verbannt ohne Anspruch auf Rückkehr – zumindest nicht, bevor unsere metamonarchische magnifizente Majestät das Ganze vergessen hat.«

»Du musst glauben, dass ich ein sehr kurzes Gedächtnis habe«, bemerkte die Königin. »Stell dich aufrecht. Ich kann kein vernünftiges Gespräch mit dem Hinterkopf von jemandem führen – obwohl es in deinem Fall, fürchte ich, keinen großen Unterschied machen würde. Wer sind deine Gefährten?«

»Freunde, du quadrilaterale Königin«, sagte Gorbo mit ziemlich rosa Wangen, nachdem er sich aufgerichtet hatte. »Sie sind zu Besuch, aus Sunny Bay.«

»Freunde von Miss Watkyns sind hier immer willkommen. Die Königin betrachtete nachdenklich ihre schmuddeligen, von Brombeerstacheln zerkratzten Gäste mit den zerrissenen Kleidern und Haaren, in denen sich Blätter und Zweige verfangen hatten. »Sie muss eine hohe Meinung von deiner praktischen Vernunft haben, wenn sie ihre Kinder für so eine lange und gefährliche Reise in deine Obhut gibt. Wieso überrascht mich das?«

»Eine gefährliche Reise ganz sicher, Euer königliche Klugheit«, stimmte ihr Gorbo zu. »Honiggestörte Bären, wild gewordene Bienen, Wobser – ich weiß nicht, was mit den Halbnudeln passiert wäre, wenn sich nicht unsere Wege gekreuzt hätten …« Er verstummte, als er sah, wie sich die Augenbrauen der Königin unter ihrer hölzernen Krone zusammenzogen.

»Zwei kleine Nudeln, die im Wald rumlaufen, ganz allein? Miss Watkyns würde das niemals erlauben. Die Geschichte stinkt doch zum Himmel, Gorbo. Ich weiß, dein Hirn ist voller Wurmlöcher und

Ohrenkneifer – und ich wage zu sagen, du kannst nichts dafür, was der Grund ist, wieso ich mich überhaupt mit dir beschäftige –, aber ganz gewiss würdest nicht einmal du mir zwei *Ausreißer* bringen. Ist es dir nie in deinen Strohkopf gekommen, diese Kinder dorthin zurückzubringen, wo sie hingehören?«

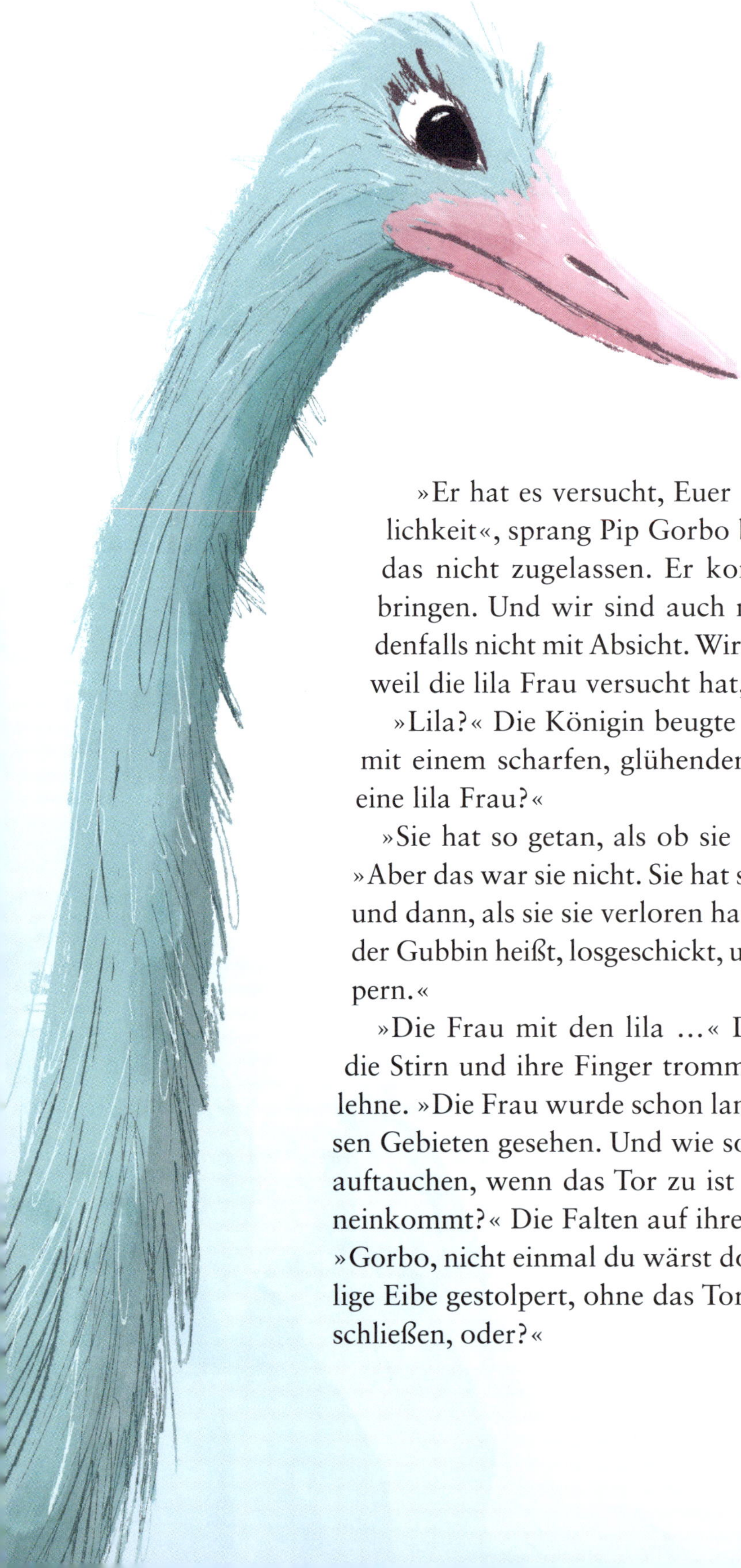

»Er hat es versucht, Euer … äh …Euer Königlichkeit«, sprang Pip Gorbo bei. »Aber wir haben das nicht zugelassen. Er konnte uns nicht dazu bringen. Und wir sind auch nicht ausgerissen. Jedenfalls nicht mit Absicht. Wir waren bloß im Wald, weil die lila Frau versucht hat, Flora zu klau–«

»Lila?« Die Königin beugte sich vor und sah ihn mit einem scharfen, glühenden Blick an. »Was für eine lila Frau?«

»Sie hat so getan, als ob sie nett wär«, sagte Pip. »Aber das war sie nicht. Sie hat sich Flora geschnappt und dann, als sie sie verloren hatte, hat sie jemanden, der Gubbin heißt, losgeschickt, um Flora zu erschnuppern.«

»Die Frau mit den lila …« Die Königin runzelte die Stirn und ihre Finger trommelten auf die Thronlehne. »Die Frau wurde schon lange nicht mehr in diesen Gebieten gesehen. Und wie sollte sie in Sunny Bay auftauchen, wenn das Tor zu ist und sie gar nicht hineinkommt?« Die Falten auf ihrer Stirn wurden tiefer. »Gorbo, nicht einmal du wärst doch durch die Einmalige Eibe gestolpert, ohne das Tor hinter dir wieder zu schließen, oder?«

Gorbo schüttelte energisch den Kopf. »Nein, Euer Majestätigkeit, das wär ich nicht … das könnt ich … das hab ich nicht … das…« Er stockte und allmählich verwandelte sich das Kopfschütteln in ein Nicken. »Vielleicht … vielleicht doch … vielleicht war ich das wirklich.« Als sich der Blick der Königin in seine Augen bohrte, sank er auf die Knie. Er schien sich aufzulösen vor Scham. »Ich hab vergessen …«

»Gorbo, *was hast du getan?*« Die Königin lehnte sich auf ihrem Thron zurück. »Wenn die Einmalige Eibe offen steht, kommt jeder – kommt *alles* da durch. Wenn das zu Problemen führt – wenn ein Unheil geschieht –, dann ist das ganz allein deine Schuld! Ich muss Miss Watkyns warnen und ihr Bescheid geben, dass ihre Kinder bei uns in Sicherheit sind. Pompo, ich werde einen Strauß und einen Reiter brauchen. Von diesem Gubbin habe ich noch nie was gehört. Lasst uns hoffen, dass er die Witterung verloren hat – ich werde noch Extra-Späher postieren, nur für den Fall.«

Als Pompo die Eichentüren aufriss, fiel ein Haufen Schnerge in den Raum. Alle hatten versucht, durch das Schlüsselloch zu spähen, um die Standpauke für Gorbo zu hören. Während sie wieder auf die Beine kamen, wand sich Tiger aus Floras Armen und jagte in wenigen Sprüngen zu dem Federkissen unter den Füßen der Königin. Unsanft geweckt, hob das Kissen den Kopf aus den Federn hervor. Pip und Flora sahen mit starrem Blick, wie es sich zu voller Größe erhob und weit über ihre Köpfe ragte. Tiger wich, mit dem Schwanz zwischen den Beinen, zurück, als der Vogel stampfend einen riesigen Fuß auf den Boden setzte, seinen langen Hals ausfuhr und den Welpen aus Augen anblickte, die wie grimmige Murmeln mit langen Wimpern wirkten.

»Haltet das Tier zurück!«, befahl die Königin. »Weg damit! Es belästigt Sir Stampfenschnapper. Gorbo, hast du die Strafe vergessen, die es für das Verstimmen eines Straußes gibt?«

»Nein, o querulantische Königin. An den Füßen hochgezogen und mit einem feuchten Fisch versohlt werden, lautet sie«, murmelte Gorbo vor sich hin und schien ganz unglücklich.

»Das ist nicht Gorbos Schuld«, sagte Pip eilig. »Tiger ist noch jung und nicht so richtig erzogen – aber er hat niemanden außer uns, der auf ihn aufpasst.«

Während sie dem Strauß den Kopf streichelte, der sich als fauchender Federhaufen zu ihren Füßen niedergelassen hatte, sah sie die Kinder lange nachdenklich an. Sie konnte sehr lange so schauen, ohne zu blinzeln. Die Kinder hielten den Atem an.

»Ich glaube, ihr habt ein gutes Herz«, sagte die Königin schließlich. »Freundlichkeit ist hier stets willkommen. Ihr seid lange genug unterwegs gewesen für einen Tag. Morgen werden euch meine Straußenreiter zurück nach Sunny Bay eskortieren. Heute Nacht sollt ihr meine Gäste sein. Pompo, erinnere mich – was ist diesmal Anlass für unser Fest?«

Pompo räusperte sich. »Der Schatzkanzler der Marmeladentöpfe hat seine verschwundenen Socken wiedergefunden, Euer Majestät.«

»Das«, antwortete die Königin, »ist ein äußerst schwaches Argument für ein Fest. Konnte sich niemand etwas Besseres einfallen lassen? Vergesst die Socken des Schatzkanzlers. Wir feiern zu Ehren unserer Freunde, der Halbnudeln, die den weiten Weg von Sunny Bay auf sich genommen haben, um uns zu besuchen.«

Die versammelten Schnerge jubelten laut und klatschten eifrig Beifall.

»Danke, Euer magnifizente Majestät.« Pip bot seine gekonnteste Zirkusverbeugung dar und Flora machte einen höflichen Knicks. »Aber ... darf Gorbo auch kommen?«

Die barmherzige Königin hörte auf zu lächeln, die Schnerge stoppten ihr beifälliges Klatschen und Johlen.

»Gorbo ist so lange bei allen Festen nicht-eingeladen, bis er Ansätze zeigt, ein gesetzter und kluger Schnerg zu werden«, verkündete die Königin. »Er kann die Nacht über sämtliche Straußenkäfige reinigen.«

»O bitte«, bettelte Pip. »Gorbo hat uns das Leben gerettet. Er hat uns von den Wobsern befreit. Das waren Hunderte, die über uns herfallen wollten.«

Gorbo wurde rot. »Es war Miss Flora, die das Einmaleins konnte«, stellte er richtig. »Und es wären auch nicht so viele Wobser gewesen, wenn ich nicht so dummbrummselig gewesen wär – *Au!*« Flora hatte ihm gegen das Schienbein getreten, damit er den Mund hielt.

»*Und*«, fuhr Pip fort, »wir hatten Hunger und Gorbo hat uns seinen allerletzten Pfannkuchen gegeben!«

Von den Schnergen im Eingang kam ein staunendes Stöhnen und wildes Gemurmel.

»Seinen letzten Pfannkuchen! Habt ihr das gehört?«

»Gorbo hat ihnen *seinen letzten Pfannkuchen* vermacht!«

Selbst die Königin wirkte beeindruckt.

»Das war eine edle Tat«, räumte sie ein. »Vielleicht besteht ja doch noch Hoffnung bei dir, Gorbo. Du darfst zum Fest – aber um Mitternacht hast du am Straußenhaus zu erscheinen, um die Nachtwache zu übernehmen. Wenn ich dich nach Mitternacht noch irgendwo sehe, gibt es feuchte Fische und Prügel. Hast du verstanden?«

»Ja, Euer marmeladigste und magnoelefantasmagorischste Majestät der Welt!« Gorbos Lächeln reichte von einem Ohr zum andern. »Ich bin auf ewig euer dankerbietigster Schnerg und werde mich ab sofort als äußerst wohlschmückend und dankbarlich erweisen!«

»Hm«, sagte die Königin. »Warten wir's ab.«

15

Die Vorbereitungen für das Fest waren in vollem Gange. Schnerge schleppten Stühle und lange Holzbänke herbei und reihten sie entlang der Straße von der Königlichen Eiche bis zum Marktplatz auf.

»Flora, schau nur!« Pip klatschte in die Hände. »Endlich kriegen wir doch noch ein Picknick! Und das hier ist tausendmal besser als so ein Picknick auf Puffin Island!«

Schnüre wanden sich von Haus zu Haus, an denen Fetzen aus buntem Stoff und Bändern flatterten. Die Luft war getränkt von all den guten Dingen, die es geben würde: Hinter jedem Fenster schien ein Schnerg Teig zu rühren, zu kneten oder auszurollen.

»Ist nicht weit«, sagte Gorbo. »Mein Haus ist gleich da drüben, wo die paar Bäume aufhören.« Er zeigte auf eine Birkenreihe. »Sieht ein bisschen heruntergekommerich aus, fürchte ich.«

Die Kinder liefen zu beiden Seiten von ihm und Tiger trottete an einem Stück Schnur hinterher. Die Königin hatte dem Welpen vergeben – sogar gefordert, dass man ihm aus der Küche einen Napf mit Fleischresten brachte –, allerdings unter der Bedingung, dass er an einer Leine gehalten werde und keine weiteren Strauße mehr verstimme.

Gorbos Haus bestand vorwiegend aus Türmen, die übereinandergestapelt waren wie schlecht zusammengestülpte Pfefferstreuer und dicht von Efeu und jeder Menge Schnüren umrankt wurden. Das Innere wirkte heiter, wenn auch sägemehlig, die Wände waren mit kleinen bemalten Schneckenhäusern, polierten Kieselsteinen und ein paar mit Tinte gezeichneten Gesichtern lachender Schnerge geschmückt.

Flora konnte Tiger gerade noch davon abhalten, einen Keks zu fressen, der auf Gorbos Fußmatte lag.

»Waren schon die Wühlmäuse dran«, sagte Gorbo, als er die abgenagten Ecken untersuchte. Er betrachtete die Schrift, die von einer spinnenhaften Hand in Zuckerguss gegossen war. »Ist ein Brief von Tante Plumpser.« Und er gab ihn eilig an Tiger zurück, der ihn dankbar verschlang.

»Lebst du hier ganz allein?«, fragte Pip.

Gorbo nickte. »Nur ich. Außer ein Vogel fällt in den Kamin. Manchmal kommt auch ein Squiesel vorbei, aber denen kann man nicht trauen. Sie verstecken sich in deinen Hausschuhen und hinterlassen ihre Zahnabdrücke im Käse. Vor langer Zeit hatte ich eine Mutter und einen Vater … meine Mutter war eine der königlichen Straußenreiterinnen.« Er wedelte mit der Hand in Richtung der Portäts an der Wand. »Das ist sie.«

Pip und Flora schauten zu der Zeichnung einer Schnergin, die einen Arm um den Hals von einem Strauß geschlungen hatte. Obenauf saß ein sehr kleines Zwerglein.

»Bist du das, Gorbo?«

Gorbo nickte.

»War eine bemerkenswerte Schnergin, meine Mutter.« Sein Gesicht verdunkelte sich. »Sie starb beim Gewinn der jährlichen Meisterschaft im Tortenessen. Verschluckte sich an einem Kirschkern in ihrem letzten Bissen. Wir haben sie in Teig gewickelt beerdigt – so hätte sie das bestimmt gewollt. Ich komme aber mehr nach meinem Vater.«

Er zeigte auf einen breit grinsenden Schnerg mit einer Schürze.

»Schombus, der Schussel. Er war Bäcker, bis er eines Tages über seine Teigrolle stolperte und aus der Küche stürzte.«

»Kann man *aus* einer Küche stürzen?«, fragte Pip zweifelnd.

»Nichts leichter als das«, versicherte ihm Gorbo, »wenn sie ganz weit oben ist und du es nicht geschafft hast, alle Außenwände hochzuziehen. Danach hat sich Tante Plumpser um mich gekümmert. Sie ist sehr vernunftorientiert und wohnt gern außerhalb der Stadt, wo es ruhiger ist. Sie macht sich nichts aus dem ständigen Festefeiern und Lustigsein.«

»Wenn du keine Mutter und keinen Vater hast, dann bist du doch ein Waisenkind. Genau wie wir«, sagte Pip.

»Glaub ja.« Gorbo kratzte sich am Kopf. »Ich ein Waisenkind, stellt euch das vor. Ist eigentlich gar nicht so schlecht – jedenfalls nicht mit euch zusammen. Oben steht ein Eimer zum Waschen – stört euch nicht an den Kaulquappen.« Er lief die wackelige Treppe hoch, von der etliche Stufen fehlten. »Vertraut mir, ich finde ausreichend Kleidung für drei.«

Die Kinder trugen noch immer ihre vorgeschriebene blau-weiße Sunny-Bay-Schuluniform. Es war die Königin gewesen, die – äußerst höflich – meinte, dass sie sich frisch gewaschen und gekleidet auf dem Fest sicher wohler fühlen würden. Pip, der Zirkusjunge, hatte noch nie viel mit Seife und Bürsten zu tun gehabt, aber Floras Mutter – der es gefiel, ihre Tochter in Schleifen und Rüschen zu sehen – hätte wahrscheinlich Schwierigkeiten gehabt, das Schmuddelkind mit den fusseligen Haaren, den zerkratzten Knien und dem zerrissenen Kleid wiederzuerkennen. Doch eine halbe Stunde später hätte sie ihre Tochter womöglich gar nicht mehr erkannt.

»Hey, Flora!« Pip grinste sie an. »Du hast dich in einen Schnerg verwandelt!«

Ja und? Sie zog ihre Kappe zurecht und betrachtete Pip von oben bis unten. *Du auch!*«

Schnerge sparen Zeit und Ärger, indem sie bei jeder Gelegenheit dieselben Sachen tragen – Kniehosen, Kittel und eine untertassenförmige Kappe, alles in waldhaften Schattierungen von Braun und Grün. Gorbos Sachen zum Wechseln waren ein bisschen schlabberig für Pip und eigentlich zu kurz für Flora, aber es ging. Floras Füße waren zu groß für einen Schnerg, doch Gorbo schusterte ein paar Lederfetzen zusammen, die sie mit einer Schnur um ihre Knöchel festbinden konnte.

»Echte Schnerge«, stellte Gorbo fest, als er sie beide prüfend ansah. Alles ein bisschen knapp – du musst unbedingt aufhören zu wachsen, Miss Flora –, aber es geht.«

Als Ehrengäste bekamen Pip und Flora natürlich einen Platz am Tisch der Königin.

»Du nicht, Gorbo.« Pompo deutete eifrig und herrisch zu einem Tisch so weit die Straße hinab, dass er schon fast um die Ecke stand. »Du sitzt da unten.«

Ohne Gorbo an ihrer Seite fühlten sich die Kinder ein bisschen einsam, doch man hatte sie zwischen Mopsa, die Apfelverkäuferin, und einen schüchternen Schnerg namens Wilmus gesetzt.

»Lehrling beim königlichen Hofschnurmacher«, stellte ihn Mopsa vor. »Er redet nicht viel – und wenn, dann geht es einzig um Schnüre. Wenn er zu langweilig wird, stopft ihm einfach eine Kartoffel in den Mund.«

Die Königin wurde auf einer speziellen schnurbetriebenen Plattform zwischen den Ästen der Königlichen Eiche herabgelassen. Sie saß rittlings auf ihrem Strauß und wirkte sehr königlich in ihrem gefiederten Mantel und dem hohen Kopfschmuck. Sofort erhoben sich alle Schnerge, klapperten mit ihren Met-Bechern und sangen die Schnergen-Hymne:

Die gute Königin kommt in die Stadt
auf einem Strauß geritten.
Die Schnerge jubeln nimmersatt:
Wir essen gerne Fritten!

Das Essen stapelte sich – auf den Tischen, auf dem Boden und sorgsam ausbalanciert in Hängematten von den Ästen. Jeder nahm sich und nahm sich noch mehr. Hier und da stolzierten Strauße und reckten ihre langen Hälse, um den Schnergen die Leckerbissen vom Teller zu picken. Niemand stritt mit den Vögeln der Königin. (Tiger war bei Gorbo zu Hause, um sich von seinen Abenteuern zu erholen, so konnte er keiner Versuchung erliegen.)

Wilmus hatte ein Gewirr von Schnüren aus seiner Tasche gezogen und brachte Flora verschiedene Knoten bei: die strangulierende Schnecke, den webenden Wurm und den Unlösbaren.

»Was ist mit dem Bären passiert?«, fragte Pip Mopsa.

»Er hat fast alle Äpfel und sämtliche Torten gefressen«, antwortete sie, »danach ist er schlafen gegangen. Wenn du ihn freundlich bittest, trägt er euch morgen bestimmt nach Sunny Bay zurück.«

Als alle zu satt waren, um sich noch weiter vernünftig zu unterhalten, legten die Trommeln los, zusammen mit einem wilden Gefiedel. Am weitestentfernten Tisch gab es viel Lärm: Gejohle und dann einen lauten Schlag. Gorbo hatte gewettet, dass er auf einer Pyramide aus Marmeladengläsern einen Handstand machen könne – und verloren. Die Königin seufzte und schüttelte bloß noch den Kopf.

Kleine Schnerglein wurden zum Schlafen nach Hause geschickt. Met-Becher klirrten. Ein oder zwei Schnerge fielen vom Stuhl. Lautes Singen erschallte:

Wie wunderbar, ein Schnerg zu sein in diesem schönen Land,
zwar klein, jedoch mit großem Herz und außer Rand und Band!
Wir feiern unter Sonn' und Mond,
bis auf dem Tisch der Pudding thront –

»Pudding!«, rief eine überdrehte Stimme am weitestentfernten Tisch. Gorbo natürlich.

Wir singen, bis wir trunken ratzen,
wir tanzen, bis die Blasen platzen.
Ein wahrer Schnerg geht brav und nett
nach einem Kopfstand erst ins Bett.

Mit der letzten Zeile endete die Musik und alle mussten aufspringen und sich auf den Kopf stellen. Wenn man schwankte oder umkippte, war man ausgeschieden und die Musik ging weiter. (Hier muss angemerkt werden, dass Schnerge einen ungewöhnlich robusten Magen haben. Für andere kann dieses Spiel nach einem großen Mahl ziemlich übel ausgehen.)

Die Königin blieb als Schiedsrichterin auf ihrem Platz; es ist schließlich gar nicht einfach, mit einer sehr hohen Krone einen Kopfstand zu machen. Flora schied früh aus, aber für Pip, das Zirkuskind, war es ein Leichtes, sich auf den Kopf zu stellen: Er war es gewohnt, die Welt aus dieser Perspektive zu betrachten. Als man ihn schließlich zum Sieger erklärt hatte, wurde er hochgehoben und über die ganze Tischstrecke weitergereicht. Am letzten Tisch angekommen, suchte er Gorbo, konnte ihn aber nicht finden. *Auch gut*, dachte Pip, denn der Mond löste sich aus der Krone der Eiche. Es musste nach Mitternacht sein, also Zeit für Gorbo, am Straußenhaus zu erscheinen.

Es wurde weitergetanzt – auf die wilde Art mit jeder Menge Gewirbel und Gekreisel, mit heftigen Zusammenstößen und etlichen Knochenbrüchen. Als alle zu benebelt waren, um noch weiterzutanzen, wurde von sämtlichen Seiten nach einer Geschichte gerufen.

»Eine Geschichte! Eine Geschichte!« Mit den Met-Bechern wurde auf die Tischplatten geklopft. »Wir können doch nicht ohne eine Geschichte ins Bett gehen. Wo ist sie? Holt die Geschichtenbüchse!«

Die Geschichtenbüchse stellte sich als eine sehr alte Schnergin heraus. Ihr langes graues Haar quoll aus der untertassenförmigen Kappe hervor, doch ihre Augen funkelten noch immer. Sie wurde auf den Tisch gehoben, wo sie dann schwankend stand und das runzlige Gesicht zum Mond hob.

»Wartet«, flüsterte Mopsa den beiden Kindern zu. »Sie lädt sich auf …«

Die alte Schnergin ruckte plötzlich in eine aufrechte Haltung. Dann begann sie mit einer Stimme zu sprechen, die laut und wieder leise wurde, so wie die Wellen am Strand von Sunny Bay. Die Geschichte, die sie erzählte, war dieselbe, die Gorbo Stunden zuvor angefangen hatte – die Geschichte von Golitho, dem Menschenfressermonster mit dem fauligen Atem und den gewaltigen Eckzähnen, diesem grausamen Feind mit der unstillbaren Gier nach gebratenen Kindern.

»Sie erzählt sie besser als Gorbo«, sagte Mopsa, aber Pip und Flora hörten sie nicht mehr. Müde und satt, eingelullt von der Singsang-Stimme der alten Schnergin, waren sie blitzschnell tief und fest eingeschlafen.

16

In Pips Traum ritten Flora und er auf Bären. Er spürte das warme Fell und das Hin- und Herschaukeln, er konnte sogar den Zimtgeruch riechen. Sie ritten durch das hohe Eisentor von Sunny Bay. Waisenkinder standen zu beiden Seiten Spalier und sahen sie mit neidischen Blicken an. Ganz am Ende der Reihe stand Miss Watkyns und wartete …

Sein Traum-Bär machte plötzlich einen Ruck, dann war er verschwunden. Pip riss die Augen auf. Über ihm waren Blätter, Vogelgesang und der perlmutthafte Schimmer eines neuen Morgens. Es gab erneut einen Ruck. Pip versuchte sich aufzusetzen, taumelte auf halbem Weg und landete mit einem *Ummmph!* auf dem Boden.

Vor ihm standen die Überreste des Festes von letzter Nacht: die langen Holztische, hochkant gestellte Stühle und Teller mit nichts als ein paar letzten Krümeln. Über ihm hing eine leere Hängematte. Schnerge lieben Hängematten, sie hängen sie hier und da zwischen die Bäume, so wie man anderswo Parkbänke aufstellt. Als das Fest schließlich irgendwann in den frühen Morgenstunden zu Ende war, hatte die Königin dafür gesorgt, dass die Kinder den Rest der Nacht über gut und sicher versorgt waren.

Pip blinzelte. Flora stand über ihm, die Schnergenkappe fest über die Locken gezogen.

»Hast du mich gerade da rausgeworfen?«, fragte er sie.

»Tiger«, sagte Flora. Sie hielt ein Stück ausgefranste Schnur in der Hand. Ein Hund befand sich jedenfalls nicht an dem Ende. *»Tiger.«*

»Was ist mit ihm?«, fragte Pip gähnend. »Flora, du *sprichst* wieder …«

Seit ihrer Auseinandersetzung mit den Wobsern hatte Flora geschwiegen. Sie wusste, dass etwas in ihrem Innern passierte: Etwas Kaltes und Hartes brach langsam auf, so wie Eisschollen nach einem arktischen Winter aufbrechen. Letzte Nacht, als die Schnerge ihre Lieder brüllten, hatte sie gespürt, wie sich ihre Stimme in der Kehle rührte und mitmachen wollte. Sie hatte die Lippen fest zusammengepresst, um ihre Stimme daran zu hindern – aus Angst, dass sie falsch rauskommen könnte.

Eis braucht Zeit zum Schmelzen – aber diese Sache hier war dringend. Flora war früh aus ihrer Hängematte geklettert, als Einzige, die wach war in einer ansonsten tief schlafenden Stadt. Weil sie Tiger vermisste, hatte sie sich zu Gorbos Haus geschlichen – und dort niemanden angetroffen. Das Haus war leer. Tiger hatte die Schnur durchgebissen und war allein abgehauen.

»Er ist *weg.*«

Vielleicht ist er mit Gorbo am Straußenhaus.« Pip war bereits auf den Beinen. »Lass uns nachschauen.«

Überall lagen Schnerge in schnarchenden Haufen, einfach dort, wo sie der Schlaf übermannt hatte. Pip und Flora hatten sich zwischen ihnen hindurch bis zum Ende der Straße geschlängelt und überlegten gerade, in welche Richtung sie mussten, als sie Gorbo entdeckten, der ihnen winkte.

»Einen glücklichen guten Morgen euch beiden«, sagte er freudig. »Ich hatte vielleicht eine Nacht! Ich musste ein Squiesel vertreiben – jedenfalls glaube ich, dass es ein Squiesel war. Es war lang gestreckt und geschmeidig. In der Dunkelheit kaum zu erkennen. Das Vieh hatte es auf die Straußenjungen abgesehen. Glück für mich, dass einer der Strauße aufgewacht ist und dem Squiesel einen ordentlichen Tritt versetzt hat, sodass es den ganzen Weg bis nächste Woche geflogen ist. Ist Frühstück angesagt?«

»Gorbo, hast du Tiger gesehen?«, fragte Pip. »Wir können ihn nicht finden.«

Noch ehe er den Satz beendet hatte, hörten sie es: ein vertrautes freudiges Bellen. Tiger war nicht weit weg – und er hatte etwas zu jagen gefunden. Das Bellen kam aus einer Richtung, wo die Bäume dichter zusammenstanden und die Schatten dunkler waren. Pip und Flora machten sich auf, ihn zu finden.

Gorbo zögerte. »Äh …«, sagte er. »Ähm …«

Sie schauten über die Schulter zurück. »Was ist?«

»Gewöhnlich gehen wir da lieber nicht hin«, erklärte ihnen Gorbo.

»Wieso nicht?«

»Der Weg führt zu Orten, wo man nicht hinwill.« Gorbo fasste nach seiner Glückseichel. »Zu lauter Dingen, denen man nicht begegnen will …«

Tigers Bellen war inzwischen schwächer geworden und klang weiter weg.

»Du kannst ja von mir aus gern Angst haben, wenn du meinst«, sagte Flora. »Aber ich nicht.« Und schon drehte sie sich um und rannte los.

Pip biss sich auf die Lippe, zögerte einen Moment und jagte ihr dann hinterher.

»Oje«, sagte Gorbo finster. »Das bedeutet Fischprügel und einen Monat Straußenhaus, wenn die Königin davon erfährt – aber was soll ein Schnerg machen? Ich kann doch diese kleinen Halbnudeln nicht alleine weglaufen lassen, oder? Nicht in *die* Richtung. Einmal falsch abgebogen und schon verfransen sie sich in den Hinterlistigen Bäumen …«

»Es ist so dunkel«, sagte Pip. »Ich kann kaum was sehen.«

Sie hatten sich eine Weile pfeifend und Tigers Namen rufend zwischen den Bäumen hindurchgezwängt. Die Luft war still und schwer, so wie vor einem Gewitter. Über ihnen hatte sich das Dach der Baumkronen zu einem Dickicht aus Zweigen und Blättern zusammengezogen, das keinen Sonnenstrahl mehr durchließ.

»Autsch!« Pip war über eine dicke Baumwurzel gestolpert, die wie ein Fallstrick aus dem Boden ragte.

»*Au!*« In der nächsten Sekunde passierte Flora das Gleiche.

»Uh-oh«, sagte Gorbo. Er war stehen geblieben und starrte in alle Richtungen. »Ähm … würdet ihr sagen, diese Bäume haben irgendwas *Seltsames* an sich? Würdet ihr sie als *hinterlistig* bezeichnen?«

Bäume sind einfach Bäume – bis du mal stehen bleibst und genauer schaust. Oder bis sie dich zu Fall bringen und du das eindeutige Gefühl hast, dass sie es mit Absicht tun. Diese Bäume waren anders als alle, die sie in ihrem bisherigen Leben gesehen hatten. Glatte, nackte Äste bogen sich bis auf den Boden und schlängelten sich wie silberne Schlangen. Die Stille hämmerte in Pips Ohren. *Es gibt überhaupt keine Vögel,* stellte er fest. *Wieso nicht?*

»Ich finde«, sagte Gorbo, »dass das *kein* vernünftiger Ort ist, um sich aufzuhalten. Das da sind *keine* freundlichen Bäume. Wir sollten zurückgehen.«

»Das können wir nicht«, protestierte Flora. »Nicht ohne … *aaah!*«

Sie unterdrückte den Aufschrei. Jemand hatte ihren Kopf berührt, bevor er mit ledrigen Flügeln davonschoss.

Pip hatte sich geduckt. »Was war das?«

»Das«, sagte Gorbo, »war eine Fledermaus. Und keine von den kleinen huschigen, die einem nichts tun. Sondern von der anderen Sorte. Es wär wirklich eine wunderbare Vorstellung, woanders zu sein.«

»Psst – horcht mal …« Flora stand mit zur Seite geneigtem Kopf da und strengte sich an, etwas zu hören. Ein wildes Gebell, dann Stille.

Die Bäume bogen und flochten sich ineinander, überall waren Äste, die den dreien den Weg versperrten.

»Jetzt weiß ich, wie sich ein Fisch im Netz fühlt«, schnaufte Gorbo und kämpfte sich durch das Gewirr. »Ich verspreche, wenn wir hier rauskommen, werde ich nie wieder fischen gehen … he, schaut euch das an!«

Vor ihnen befand sich eine Tür, die in einen der aufragenden Stämme geschnitten war. Sie besaß schwere Scharniere aus Eisen und ein hässliches kleines Gesicht mit einem Spitzbart als Klopfer.

»Tiger ist da drin«, sagte Pip. »Ich kann ihn hören.«

Das Bellen klang gedämpft, als wenn es von weit unter der Erde käme. Flora gab einen kleinen, verzweifelten Laut von sich.

Gorbo inspizierte die Tür. »Könnten Kobolde sein«, sagte er nachdenklich, »auch wenn ich noch nie gehört hab, dass Kobolde einen Klopfer an ihrer Haustür anbringen. Sie interessieren sich nämlich nicht für Besucher. Aber *irgendwer* muss sich die Mühe gemacht haben, das Ding da hinzumachen, was bedeutet, es wär unhöflich, den Klopfer nicht zu bedienen!«

Es antwortete zwar niemand auf Gorbos energisches Klopfen, doch ganz langsam und quietschend ging die Tür auf.

»Stufen«, sagte Gorbo, als er hineinschaute. »Und zwar von der nach unten gehenden Sorte. Jede Menge Stufen. Riecht ein bisschen nach Käse. Lasst lieber mich vorgehen … nur für den Fall.«

Während sich Flora direkt hinter Gorbo durch den Eingang zwängte, zögerte Pip. Er mochte ja im Buchstabieren und Rechnen nicht gut sein, aber er hatte doch mehr als genug Verstand, eine Tür ohne Griff niemals hinter sich zufallen zu lassen. Er schaute sich um und entdeckte einen runden Stein – schwer genug, um als nützlicher Türstopper zu dienen – und rollte ihn vorsichtig an die richtige Stelle.

»Wartet auf mich!«, sagte Pip und rannte die Treppe hinab, hinter den anderen her.

Weil er hinten keine Augen hatte, merkte er nicht, dass sich sein Türstopper auf zwei stämmige Beine erhob und davonwatschelte.

Es brauchte nur einen kleinen Windhauch, so was wie einen flüchtigen Nieser – und schon schlug die Tür oben zu.

16 ½

»Das«, sagte die Frau, »war ja fast schon *zu* einfach. Der hässliche Köter hat seine Angewohnheiten. Er jagt allem nach, wenn eine Tür offen steht.«

Sie warf sich ihren lila Schal um und starrte in die Tiefen ihres Gelees. »Das Mädchen ist auf dem Weg: Goldlöckchen und ihre beiden Zwerge … oder erinnere ich mich falsch? Jetzt müssen wir die Motten nur noch ein bisschen näher an die Flamme bringen. Magst du den Geruch von versengten Flügeln etwa nicht? Und das wird erst der Anfang sein. Ich sehe Rauchschwaden und Feuersäulen aufsteigen, hoch hinauf in den Himmel von Sunny Bay. Und dann Asche … nichts als ein Haufen kalter Asche. »Tragischer Unfall«, wird es heißen. »Arme kleine Waisenkinder. Arme Miss Watkyns. Mir blutet das Herz.«

»Arme Mudder.« Der Riese, der ihr am Arm hing, tätschelte sie leicht. »Sei nicht traurig, Mudder.«

»Idiot«, sagte seine Mutter.

VIERTER TEIL

in dem Miss Watkyns einen Expeditionstrupp zusammenstellt und die Wanderer in die Pilz-Tunnel geraten, den natürlichen Lebensraum des behaarten Walrosses. Im Land der Kelpse wird Gorbo mit einer Pastinake bedroht und die Kinder setzen ihr Vertrauen in einen schlauen Dummkopf.

17

»Da steht ein großer Vogel im Garten.« Miss Scadging streckte ihren Kopf zu Miss Watkyns' Tür herein. »Ein sehr großer. Ich dachte, das sollten Sie wissen.«

Miss Watkyns, die gewöhnlich immer so beschäftigt war, hatte die letzten zwei Tage meist nur gedankenverloren an ihrem Schreibtisch gesessen. *Hört sie überhaupt zu?*, fragte sich Miss Scadging.

»Der Vogel hat eine Person dabei«, ergänzte sie. »Eine Person, die ihn reitet.«

Das zeigte Wirkung. Miss Watkyns war aufgesprungen und sah aus dem Fenster. Unten im Garten versuchte eine kleine Person in einem roten Reitumhang einen Strauß zu hindern, die Blüten aus einem Dahlienbeet abzurupfen.

»Eine Reiterin der Königin«, murmelte Miss Watkyns. »Das heißt, es gibt Neuigkeiten. Hoffen wir, dass es gute sind.«

Die Neuigkeit war leider eher von der schlechten Sorte. Als sie sie angehört hatte, setzte sich Miss Watkyns hin und schrieb einen kurzen, aber dringenden Brief an Captain Vanderdecken. Draußen im Garten sah sie Miss Scadging, wie sie den Strauß mit Gurken-Sandwiches fütterte.

»Wurden die Kinder nicht gefunden?«, fragte Miss Scadging, die den grimmigen Blick ihres Gegenübers bemerkte.

»Gefunden und wieder verloren«, antwortete Miss Watkyns. »Der hier muss dringend an die *Flying Dutchman* geschickt werden. Wo ist Mister Gribblestone? Seine langen Beine sind sicher die schnellsten.«

»Er ist im Klassenzimmer«, sagte Miss Scadging. »Er hört bei den Jungs Lateinvokabeln ab. Die Mädchen machen Handarbeiten. Ich fürchte jedoch, sie geben heute nicht gerade ihr Bestes. Es ist so schrecklich heiß draußen.«

Miss Watkyns schaute in das strahlende Blau des Himmels und auf das vom Sonnenlicht flirrende saphirfarbene Meer. »Erziehung ist etwas Wunderbares«, stellte sie fest, »aber wie alles andere hat auch sie ihre passende Zeit. Und die ist nicht heute Nachmittag. Bringen Sie die Kinder zum Strand. Machen Sie mit ihnen einen Ausflug.«

»Die haben doch gerade erst einen gehabt«, erinnerte sie Miss Scadging. »Das Picknick auf Puffin Island.«

»Dann lassen Sie die Kinder ihre Zeichenblöcke holen und nennen Sie das Ganze eben Kunststunde«, antwortete Miss Watkyns. »Lassen Sie sie zeichnen, wozu sie Lust haben: Muscheln, Möwen, Segelboote, Meerjungfrauen oder Seemonster …

Miss Scadging schaute entsetzt. »Seemonster?«

Miss Watkyns seufzte und fuhr sich mit einer Hand über die Augenbraue. »Es gibt mehr Dinge im Himmel und auf Erden, Miss Scadging, als Sie und ich bereit wären zuzugeben. Mögliche und unmögliche, echte und eingebildete Dinge. Wir denken gern, dass es eine Linie gibt, die das eine vom andern trennt – aber diese Linie lässt sich leicht wegradieren. Kinder wissen das von Natur aus. Vielleicht sollten wir aufhören, ihnen beizubringen, dass sie sich irren.«

Etwas später, nachdem hundertachtundzwanzig überraschte Schüler im Gänsemarsch zum Strand geführt worden waren, kamen schwere Stiefel durch das Waisenhaustor marschiert: Captain Vanderdeckens Schiffscrew folgte ihrem Anführer, jeder mit einer Muskete über der

Schulter. Miss Watkyns stand mit dem Strauß und der königlichen Reiterin an ihrer Seite bereit, um die Ankommenden zu begrüßen.

Während sie dem Captain die Hand schüttelte, schaute sie etwas zweifelnd auf seine Mannschaft. »Sind Sie sicher, dass Ihre Männer so einen langen Marsch schaffen werden?«

»Putzmunter und können den Aufbruch kaum mehr erwarten«, versicherte ihr der Captain. »Seeleute sind nie zu alt für Abenteuer. Ganz ehrlich, Madam, ich glaube, sie waren die Blasmusik-Proben ein bisschen leid.«

»Ich muss Sie warnen«, sagte Miss Watkyns. »Dort, wo sie hingehen, werden sie womöglich Dinge sehen, die sie überraschen ...«

»Wenn man alle sieben Meere durchquert hat, überrascht einen nicht mehr allzu viel«, gab der Captain zurück. »Piraten, von Kannibalen heimgesuchte Inseln, Seemonster mit Kiefern, die ganze Schiffe zermalmen vom Kiel bis zur Takelage: Meine Männer haben das alles erlebt. Sie haben Herzen wie Drachen, Madam, nichts kann sie erschrecken.« Er wedelte mit der Hand in Richtung der königlichen Reiterin. »Wenn diese junge Dame und ihr schöner Vogel uns zu ihren Leuten führen, werden wir zusammen einen Expeditionstrupp formieren, mit dem nicht zu spaßen ist. Wir werden Ihnen Ihre verlorenen Schafe zurückbringen, Miss Watkyns – mein Ehrenwort als Captain und Gentleman. Meine einzige Bitte ist: Haben Sie ein Auge auf Mister Plankton und Mister Heilbutt. Ich dachte, es ist das Beste, die beiden auf der *Dutchman* zurückzulassen – Mister Plankton hat immer noch entzündete Fußballen, das wissen Sie ja, und Mister Heilbutt hat Probleme mit seinem Magen. Sie sollen sich um den Papagei kümmern und die Dead Men Doris abfeuern. Die Kanone muss jeden Tag pünktlich um zwölf bedient werden. Wenn ich nicht da bin und alles tipptopp halte, fürchte ich, dass an Deck der Schlendrian ausbricht.«

Nachdem sie versprochen hatte, Mister Heilbutt und Mister Plankton an ihre Pflichten zu erinnern, wünschte Miss Watkyns dem Expeditionstrupp viel Erfolg und gute Reise. Mit einem letzten Gruß brachten sie ein halbwegs ordentliches Kehrt marsch ohne Verwirrung und gegenseitiges Anrempeln zustande, dann marschierten sie los, den Schwanzfedern des Straußenvogels hinterher.

Miss Watkyns saß da und starrte ins Leere. Unbeachtet schwamm der Goldfisch in seinem Glas lauter Achten. Ihr Schreibtisch war aufgeräumt, doch ihre Gedanken waren es nicht, sie flatterten auf dunklen Schwingen durch Miss Watkyns' Kopf.

Du kannst die Vergangenheit nicht wegsperren und so tun, als hätte es sie nie gegeben ...

Sie stand auf, wählte einen Schlüssel aus dem Bund, das an ihrem Handgelenk hing, öffnete einen Schrank und nahm eine alte verbeulte Dose mit einem Zinndeckel heraus. Die Dose war einmal mit Gebinden aus Rosen und Lilien bemalt gewesen, die Farbe war aber längst verblichen und das Metall verbeult und fleckig und mit einer Schicht von etwas bedeckt, das aussah wie Seepocken.

Miss Watkyns spannte die Schultern, holte tief Luft und öffnete den Deckel. Es war nicht viel in der Dose: ein sehr klein gefaltetes Blatt Papier, ein geknotetes Stück Schnur, eine Handvoll kleiner Muscheln und die eine Hälfte eines silbernen Herzens an einer Kette aus Korallenperlen. Mit einer nicht sehr ruhigen Hand strich Miss Watkyns das Blatt Papier glatt. Was darauf stand, war in kindlicher Handschrift geschrieben und mit Tintenflecken besprenkelt. Miss Watkyns bewegte die Lippen beim Lesen:

Wenn der Mond auf die Einmalige Eibe scheint,
die Eule ruft, die Katze greint,
wenn der Fuchsrüde bellt und die Fledermaus fliegt,
werden Steine schwarz und das Feuer siegt.
Asche zu Asche und Staub zu Staub,
Das Haus des Leids wird der Flammen Raub.

Miss Watkyns seufzte. »Das ist lange her«, murmelte sie vor sich hin, »und wir waren noch sehr jung – was zumindest die Verse entschuldigt, wenn auch sonst nichts.«

Sie nahm die Korallenkette heraus und ließ die Perlen in ihre Hand fallen, während ihr Blick auf dem kleinen zerbrochenen Herzen lag. »Ja, das hier war früher ein Ort des Leids; wir haben uns versprochen, ihn untergehen zu lassen – doch es gibt mehr als eine Art, ein Versprechen zu wahren. Mister Bunphatt ist tot und heute ist es hier anders. Die Kinder leiden nicht mehr wie wir damals. Ich tue mein Bestes, sie zu schützen. Halt dich fern, Malicia. Halt dich fern von Pip und Flora …«

18

»Könnte schlimmer sein«, sagte Gorbo. »Wenigstens sehen wir noch, wo wir hinlaufen …«

Die Stufen, die in dem hohlen Baum hinabführten, waren schmal, doch die giftigen Pilze, die an den feuchten Wänden wuchsen, gaben einen schwachen grünen Schein ab.

Die Tür, die hinter Pip zugeschlagen war, schien fest verschlossen; sie würde nicht nachgeben.

»Hilft nicht, Trübsal zu blasen«, sagte Gorbo. »Es gibt keinen Weg zurück und es gibt keinen Weg zur Seite, also müssen wir vorwärtsgehen.«

Gerade als es so aussah, als würden die Stufen nie enden und nur immer tiefer hinab zum Kern der Erde führen, hatten die Reisenden plötzlich wieder flachen Boden unter den Füßen. Die Wände verbreiterten sich zu einer weiten Höhle. Rings um sie herum, von phosphoreszierenden Wänden erhellt, ragte ein Wald riesiger Pilze auf. Und dort, direkt vor ihnen, die Pfote selig auf einen Pilzstengel gelegt … saß Tiger.

Mit wedelndem Schwanz sprang er an ihnen hoch, ohne auch nur den kleinsten Ausdruck, dass es ihm leidtat, ihnen so große Schwierigkeiten bereitet zu haben.

»Ohne dich«, erklärte ihm Gorbo, »würden wir inzwischen ein herrliches Frühstück verdauen. Und jetzt sind wir hier auf der falschen Seite der Hinterlistigen Bäume, weiß der Teufel, wie weit unter der Erde, und ohne etwas zu essen außer den Pilzen.«

Er stand unter einem und schaute zu den bleichen Lamellen, die sich wie ein Schirm über seinem Kopf ausbreiteten.

»Komplizierte Dinger, diese Pilze«, sagte Gorbo nachdenklich. »Manche kann man essen und manche nicht – es sei denn, man will unbedingt krank werden, sterben oder beides. Mein Großonkel Lumpus war ein kundiger Pilzzüchter. Was hat der noch immer gesagt?

Rote Flecken auf Weiß sind eine tödliche Speis,
weiße Flecken auf Rot kannst du essen ganz ohne Not.

Ich glaube, so ging der Spruch. Oder hieß er:

Weiße Flecken auf Rot machen dich krank oder tot,
rote Flecken auf Weiß sind die perfekte Speis.

Wenn ich nur noch wüsste, wie er wirklich …«

»Das würde auch nichts helfen«, sagte Pip. »Die hier haben gar keine Flecken. Aber *irgendwas* hat sie gegessen.« Etlichen Pilzköpfen fehlten halbmondförmige Stücke, die eindeutig herausgebissen waren. »Irgendwas mit einem sehr großen Mund. Schaut euch mal die Bissspuren an.«

»Tja, wenn *irgendwas* diese Pilze essen kann, dann können wir das auch«, entschied Gorbo. »Frühstückszeit ist lange her, und wenn wir uns schon unter der Erde verirren, können wir das genauso gut mit vollem Magen tun.« Er reckte sich auf die Zehen und brach ein Stück von dem Pilzhut ab, schnupperte vorsichtig dran, steckte es dann in den Mund und kaute. Er kaute eine ziemliche Weile.

»Warm könnten sie besser schmecken«, sagte er hoffnungsvoll. »Nur gut, dass ich eine Fleischgabel und ein bisschen wilden Knoblauch dabeihab.« Während er sich das Einkaufsnetz von der Schulter nahm, betrachtete er die vertrockneten Stängel, die auf dem Boden herumlagen. »Jede Menge Brennmaterial. Was wir jetzt brauchen, ist ein hübsches kleines Feuer.«

18 ½

»Sie machen das falsch, Mudder.« Der Riese starrte über die Schulter der Frau hinweg in das Gelee. »Wenn sie die Pilze essen, müssen sie für immer da unten bleiben.«

Die Frau schob die Schädelschüssel von sich, sodass das Gelee zitterte. »Müssen Schnerge eigentlich ständig ans Essen denken?« Mit funkelnden Augen stieß sie ihren lila bestrumpften Fuß auf den Boden. »All die Jahre habe ich gewartet, habe sorgfältig meine Pläne ausgearbeitet. Ich lasse sie mir nicht von einem fresssüchtigen Gierschlund wie diesem Gorbo kaputtmachen. Nein! Wo ist Gubbin? Er sollte sie doch zu mir bringen und verhindern, dass sie sich den Magen mit verzauberten Pilzen vollschlagen.«

»Brudder Gubbin ist böse – der tut nicht, was du ihm sagst«, meinte das Menschenfressermonster. »Anders als ich, Mudder. Vielleicht hat ja Gubbin auch Pilze gegessen und kommt nie mehr zurück … ich würde das nicht tun, Mudder. Ich bin dein guter kleiner Junge. Würdest du mich vermissen, wenn ich für immer und ewig in den Pilzsälen bleiben müsste?«

»Natürlich würde ich dich vermissen«, sagte seine Mutter. »Auf die gleiche Weise, wie ich Flohbisse, Ohrenschmalz und Steine im Schuh vermisse …«

19

Vielleicht hatte ja der Geruch von geröstetem Knoblauch, der durch die Pilztunnel wehte, etwas mit dem zu tun, was als Nächstes passierte – aber vielleicht war es auch eine Chance. Wer weiß?

»Heiß«, warnte Gorbo, als er Flora eine Scheibe vom Pilz reichte.

Der Pilz war saftig, außen vom Feuer goldbraun geröstet. Und Flora hatte Hunger. Sie pustete und wollte gerade den ersten Bissen nehmen, als sie plötzlich erstarrte.

Sie hatten es alle gehört. *Fffulump ... fffulump ... fffulump ...*, drang es aus einem der vielen Tunnel, die von der Höhle abgingen. Es klang wie jemand, der einen schweren Sack zieht – und das Geräusch kam näher.

»Was *ist* das?«, flüsterte Pip.

Gorbo war sofort auf den Beinen, er hielt die Fleischgabel gezückt.

»Fürchtet euch nicht«, erklärte er. »Was immer es ist – wenn uns sein Gesicht nicht gefällt, *spieß* ich es auf.«

Tiger ging in Angriffshaltung und knurrte. Flora ließ die Pilzscheibe fallen und schnappte sich den Welpen gerade noch rechtzeitig.

Das Wesen, das aus dem Tunnel geschlappt kam, ähnelte stark einem Walross – mal angenommen, Walrösser hätten goldblondes Fell und einen Beutel wie Kängurus, in dem sie ihre Kleinen herumtragen.

Das Wesen, das auf behaarten Schwimmflossen daherkam, fasste nach oben und zerrte mit seinen Hauern an den Pilzhüten. Was übrig blieb, stopfte es sich tief und zufrieden schnurrend in seinen Beutel.

Tiger wand sich aus Floras Armen und kläffte. Das Schnurren hörte auf. Die glotzenden Augen des Wesens bewegten sich. Gorbo trat einen Schritt vor und stellte sich zwischen die Gestalt und die Kinder. Das Walross blähte die Backen auf und stülpte den Schnauzbart vor.

»Sehr schön«, sagte Gorbo. »Das kann ich auch.« Und er blähte ebenfalls die Backen auf, um sein Gesicht noch runder wirken zu lassen.

Das Walross starrte ihn an und schlug mit dem Schwanz auf den Boden.

Gorbo stampfte mit seinen Stiefeln auf.

Wer weiß, was als Nächstes passiert wäre, wenn nicht in dem Moment *fffulumpf … fffulumpf* ein zweites Walross aus einem anderen Tunnel gekommen wäre. Es stampfte gerade freudig auf den am nächsten stehenden Pilz zu, als es das erste Walross entdeckte. Mit rollenden Augen vollführten die beiden Tiere eine leichte schlurfende Wende, um sich von vorne sehen zu können, dann knurrten sie, blähten die Backen und schlugen mit dem Schwanz auf den Boden. Sie bäumten sich auf, warfen die Köpfe hin und her und zeigten ihre Hauer, danach krachten sie ineinander und versuchten sich gegenseitig zurückzudrängen.

»Sieht für mich aus«, sagte Gorbo missbilligend, »als ob sie nie gelernt hätten zu teilen. So ein lächerliches Geschubse und Gestoße, und das, obwohl es hier doch nun wirklich genug Pilze für ein ganzes Rudel von Walrössern gibt!«

»Sie werden sich gegenseitig verletzen«, sagte Pip ganz besorgt.

»Alles nur dummes Gehabe, wenn du mich fragst«, meinte Gorbo. »Aber nachdem sie von der erregbaren Sorte zu sein scheinen, ist es wahrscheinlich besser, wir gehen. Ich entferne mich zwar nur ungern von einem ungegessenen Frühstück, doch die Hauer von denen sehen mir etwas zu scharf aus.«

»Weil Pip und Flora ungefähr den gleichen Gedanken hatten, stampften sie eilig das Feuer aus und schoben sich so leise wie möglich zu der nächstgelegenen Tunnelöffnung.

»Wenn wir sowieso nicht wissen, wohin wir gehen, nehmen wir eben den Tunnel hier«, sagte Gorbo. »Bleibt besser dicht zusammen, falls es noch mehr Überraschungen gibt.«

Sie waren ein Stück den Weg gegangen, der von dem grünen Schein der Pilze erhellt wurde, als sie das *Fffulump, fffulump* eilig hinter sich herkommen hörten. Es blieb keine Zeit mehr für irgendwas, außer sich dicht an die Tunnelwände zu pressen und zu hoffen. Und schon kam ein Walross auf Schwimmflossen um eine Biegung im Tunnel gestapft. Es hatte sie gesehen. Es blieb stehen, rollte in dem grünen

Pilzlicht wie wild mit den Augen und bedeckte dann mit den Flossen sein bärtiges Gesicht. Alle hielten den Atem an.

Selbst ein Walross kann die Luft nur eine bestimmte Zeit anhalten. Als es zwischen den Flossen hindurchspähte und feststellte, dass Gorbo und die Kinder immer noch da waren, stieß es einen laut gebrüllten Seufzer aus, floh an ihnen vorbei und verstreute unterwegs Pilzstücke.

Ich nehme mal an, das war der Verlierer«, schätzte Pip.

»Mimose«, sagte Gorbo mitleidig und schüttelte den Kopf.

Der Tunnel führte sie immer weiter, bis sie an eine Gabelung kamen.

»Wohin?«, fragte Pip.

»An Dienstagen sollte man immer nach links gehen«, sagte Gorbo. »Das weiß doch jeder.«

»Ich glaub, heute ist aber nicht Dienstag …«, hielt Pip dagegen.

»Bei Vollmond sollte man nicht rückwärtsgehen«, bot Gorbo stattdessen an. »Hat meine Mutter immer gesagt. Sie hatte viele nützliche Sprichwörter. ›Es bringt Unglück, in der Mittsommernacht zu niesen. Und wenn du irgendwann eine Raupe in deinem linken Ohr findest, musst du sie auf ein Kohlblatt setzen und für das Tierchen *Happy Birthday* singen.‹«

»Rechts …«, sagte Pip zweifelnd.

»Oder vielleicht links?«, sagte Gorbo.

Flora verlor die Geduld. »Ich weiß, was wir machen.«

Hinter ihren Haaren versteckt, hatte sie nie bei den Spielen der anderen Mädchen in Sunny Bay mitgemacht, aber doch zugehört und sich die Abzählreime gemerkt.

Ene mene makaraka
Rubi tubi dominacka
Chickalacka lollipoppa
Om pom puff!«

Floras Zeigefinger bewegte sich dabei zwischen links und rechts hin und her und blieb auf »puff« stehen. »Die Richtung«, sagte sie dann.

19 ½

»Was sind denn das für Zaubersprüche?« Die Frau saß über ihr Gelee gebeugt. »Das Kind beherrscht bereits schwarze Magie … Ich wusste, dass sie die Richtige ist. Ich habe die angestaute Wut in ihr gesehen. Ich werde diese Wut herauslassen. Sie wird meine Schülerin sein. Und wenn ich sie erst auf meinen Willen umgebogen habe, werde ich ihr alles beibringen, was ich weiß.«

»Sie sieht so süß und zart … und buttrig aus«, seufzte der Riese. »Mit Salbei und Zwiebeln gestopft wäre sie sicher noch besser als mit klugem Wissen gemästet. Könntest du nicht lieber mir was beibringen?«

»Dir? Wenn du nur lernen würdest, wie man die Nase putzt, wär das schon ein Wunder. Troll dich, du hoffnungslos hohler Holzklotz.« Sie stieß ihn mit ihrem spitzen Ellenbogen. »Blas nicht auf das Gelee! Sonst vernebelst du es. Und sei still, ich will hören …«

19 ¾

Schnipp schnapp schu schu,
Bin ich es? Nein, du!

Sie waren schon wieder an einer Gabelung gelandet. Flora fielen bald keine Reime mehr ein. Langsam waren sie und die andern die Tunnel und Pilze leid.

»Wenn ihr mich fragt:«, sagte Pip, »wir bewegen uns im Kreis.«

Flora sah ihn böse an. »Entscheide du doch – sag du, wo es langgeht.« Die Reime hatten ihr die Stimme gelöst. Sie hätte vielleicht noch mehr gesagt, wenn nicht Tiger sie plötzlich unterbrochen hätte, der sich an ihren Beinen vorbeizwängte und wie eine Rakete in den linken Tunnel davonschoss, aus dem bald nur noch sein Kläffen widerhallte.

»Tiger!«, rief Flora. »Nicht *schon* wieder!«

»Huschdiwusch-Köter«, grummelte Gorbo. »Was hat er denn jetzt zu jagen gefunden?«

Pip sprach es nicht aus – man konnte sich bei dem schwachen grünen Licht nicht sicher sein –, aber er glaubte etwas gesehen zu haben, einen dunklen Schatten, der sich um eine Biegung im Tunnel gestohlen hatte.

Im Gehen riefen sie Tigers Namen und horchten auf ein Bellen als Antwort. Schließlich holten sie ihn ein. Er saß am unteren Ende einer Steintreppe und kratzte sich ein flohgeplagtes Ohr.

»Wieder Stufen«, sagte Pip. »Glaubst du ...?«

»Ja, glaub ich«, antwortete Gorbo. »Was nach unten führt, muss auch wieder hochführen. Der Hund hat einen Pudding verdient, nur für sich allein. Er hat den Weg nach draußen gefunden!«

Sie stiegen nach oben, bis ihnen die Beine wehtaten, sie immer langsamer wurden und die Treppe immer schmaler und steiler. Gorbo ging voraus, mit der Fleischgabel in der Hand, für alle Fälle. Schließlich waren sie oben. Vor ihnen war der Umriss einer Tür im Felsgestein zu erkennen.

»Bleibt zurück«, kommandierte Gorbo. Er reichte Flora die Fleischgabel, zog dann seine Kappe über die Ohren und trat ein paar Stufen zurück. »Am besten geht es mit Anlauf«, erklärte er, dann senkte er den Kopf wie ein kleiner entschlossener Bulle ... und griff an.

Die Tür schwang auf, ohne auch nur zu quietschen, und Gorbo schoss mit Karacho hindurch.

20

Das Tageslicht wirkte ziemlich hell nach dem fahlen grünen Schein der Pilztunnel. Gorbo saß auf einem Grasbüschel und schielte.

»Sieht sonst noch jemand Sterne?«, fragte er. »Diese Dinger, die rumfliegen? Ziemlich schön …«

»Ich glaube, die siehst nur du«, antwortete Pip. »Du bist auf dem Kopf gelandet. Wo sind wir?«

Sie standen auf einem Hügel. Der Boden um sie herum war trocken und steinig, zwischendrin gab es immer wieder Flecken von struppigem Gras und verkrüppelte Dornenbüsche. Im Tal unterhalb des Hügels rauschte Wasser schäumend über große Felsbrocken. Auf der anderen Seite des Flusses sahen sie die gewundenen Schatten der Hinterlistigen Bäume und dahinter die grünen und freundlichen Orte, die sie verlassen hatten.

»Das ist das Problem mit Flüssen«, seufzte Gorbo. »Am anderen Ufer scheint alles besser. Und in diesem Fall, weil es da drüben tatsächlich besser *ist*. Ich habe das unangenehme Gefühl, dass wir im Kelpsenland rausgekommen sind. Das ist nicht gut. Die Kelpse sind nicht freundlich. Ich sage nur: Babys gekocht mit Reis und so Sachen … Wir sollten zurückgehen.«

»Geht nicht«, antwortete Flora mit Schaudern. »Die Tür ist weg.«

Sie hatte recht. Der Felsbrocken, den Gorbo eben durchbrochen hatte, war jetzt glatt und fest, ohne jede Spur einer Öffnung.

»Irgendwann hast du die Schnauze voll von Zaubertüren«, sagte Gorbo sauer und rieb sich den wunden Kopf. »Plötzlich denkst du, dass du endlich deine eigene Haustür wiedersehen willst – eine Tür, die weiß, wo sie hingehört, und dich nicht ständig mit neuen Überraschungen überfällt. Wenn ich je wieder nach Hause komme, werde ich als Erstes meine Tür neu anstreichen. Ich hab sie all die Jahre für selbstverständlich genommen, bin rein und raus, ohne ein Bitte oder Danke.«

Pip schaute über die Ebene, die sich flach und staubig unter ihnen ausbreitete. In der Mitte befand sich ein Hügel, der wie eine umgedrehte Puddingschüssel aussah, mit einer Kuppe, die von einer hohen Mauer und Zinnen umgeben war.

»Da drüben ist eine Stadt.« Er zeigte in die Richtung. »Ist das der Ort, wo die Kelpse wohnen?«

Gorbo nickte. »Die Kelpse nennen sie Banrive. Sieht nicht sehr einladend aus, was? Ruft einem nicht gerade zu: ›Komm doch mal auf einen Tee rüber, wir würden uns freuen, gibt auch jede Menge Kuchen dazu.‹ Golitho hat früher die Leute auf beiden Seiten des Flusses genervt, aber das ist lange her. Es heißt, inzwischen wär er ein völlig anderer geworden.«

»Golitho?« Pip zog die Augenbrauen zusammen. »Das Menschenfressermonster? Das mit dem fauligen Atem und den gewaltigen Eckzähnen? Aber das war doch bloß eine Geschichte – oder?«

Gorbo schien überrascht. »Ich weiß ja nicht, was sie euch im Waisenhaus beigebracht haben«, sagte er streng, »aber es kommt mir so vor, als hätten sie euch ganz schön viel unsinnigen Firlefanz in den Kopf gesetzt. So was wie *bloß* eine Geschichte gibt es nicht. Golitho ist echt, genauso echt wie ihr und ich, nur nicht mehr das Menschenfressermonster, das er mal war – sondern ziemlich harmlos, soweit ich gehört hab. Ich will ja nicht behaupten, dass er gebessert werden *wollte* – es blieb ihm nur keine große Wahl.

Ich weiß nichts über seinen Atem, aber wegen der Eckzähne muss man sich heute keine Sorgen mehr machen – es sei denn, man ist ein Kohlkopf.«

Als sie so dastanden und über die Ebene schauten, öffnete sich plötzlich ein Tor in der so abweisenden Stadtmauer. Kleine Gestalten strömten heraus, die aus der Ferne winzig erschienen. Gorbo schützte die Augen vor der Sonne und holte tief Luft.

»Kelpse! Es ist sogar noch schlimmer, als ich befürchtet habe ... sie haben *vier Beine!*«

Flora blinzelte in die Ferne. »Sie reiten auf Pferden, Gorbo.« Sie war nicht gewohnt, ihre Gedanken als Worte hervorsprudeln zu hören. Es fühlte sich immer noch fremd an in ihrem Mund. Sie musste husten und sich räuspern.

»Und sie tragen eine Rüstung«, sagte Pip, der ein Funkeln der Sonne auf Metall entdeckt hatte.

»Das passt zu ihnen«, schniefte Gorbo und fing sich wieder. »Welches vernünftige Wesen kleidet sich denn an einem Sonnentag wie diesem in eine Blechdose? Ich nehme an, sie wollen ein bisschen beißen, schreien und treten! Besser, wir verschwinden hier mal so langsam – die Frage ist nur, *wie*. Wir können nicht *unter* den Fluss zurück und es wäre sehr weit um den Fluss *herum*. Wir könnten versuchen, *durch* den Fluss zu kommen, aber ich weiß wirklich nicht, ob das vernünftig wäre. Sieht für mich nach einem Fluss aus, in dem sich ein Krokopotamus wohlfühlen könnte.«

»Krokopotamus?« Das Wort gefiel Flora. Sie sagte es sich noch ein paarmal vor. »Krokopotamus.«

»Pip starrte auf den Fluss hinab. »Ein Wie-was-wo-wann-mus?«

»Oh, ihr kennt doch diese Biester«, sagte Gorbo. »Schwanz am einen Ende, Schuppen in der Mitte und am andern ein Maul, das so groß ist, dass es dich mit einem Bissen verschlingen kann. Sie lungern unter der Wasseroberfläche und tun so, als ob sie nicht da wären. Aber bis du merkst, dass sie doch da sind, kannst du meistens schon ihren Magen von innen betrachten.«

»Ich glaube«, sagte Pip, »ich möchte so einem lieber nicht begegnen.«

In dem Fall bleibt nur die Möglichkeit *über* den Fluss. Was wir dazu brauchen, ist eine Brücke!«

20 ½

»Wie oft habe ich dir gesagt, du sollst ein Taschentuch nehmen, wenn du niest? Jetzt schau, was du gemacht hast!« Die Frau beugte sich über die Schädelschüssel und pickte kleine Schotterstückchen heraus.

»Ich kann nichts dafür, Mudder.« Der Riese wischte sich die Nase mit dem Handrücken ab. »Ich kann nichts dafür, dass die ganzen kleinen Steine aus meiner Nase fliegen, wenn ich ... haaaa-tschi ...«

»Genau wie dein Felstroll von Vater«, keifte die Frau. »Nichts als Müll und Steinstaub da, wo dein Hirn sein sollte. *Musst* du mir diesen ganzen Dreck in mein Gelee sprühen? Jetzt muss ich es komplett noch mal aufweichen und durch einen Strumpf pressen, nur weil du eine Schnauze wie ein speiender Vulkan hast.«

Sie starrte mit zusammengekniffenen Augen in den Schädel. Er zeigte ihr nichts als pockennarbiges Gelee. »Jetzt haben wir sie verloren. Und das ausgerechnet, wo sie der dämliche Schnerg über die Brücke führen will.«

»Sie kommen da nicht rüber, Mudder«, beruhigte sie der Riese. »Nicht über die Trollbrücke.«

»Nein, das kommen sie nicht«, stimmte sie zu. »Und woran liegt das, du Granitschädel von einem Genie?«

»Weil sie der Troll kurz und klein stampfen und mampfen wird«, sagte ihr Sohn, selig, dass er die Antwort wusste. Etwas flackerte zwischen den Kieseln in seinem Hirn auf. »Aber Mudder … das saftige Mädchen … wir wollen doch gar nicht, dass der Troll sie auffrisst.«

Die Frau brach in ein sarkastisches Lachen aus. »Ganz genau, mein genialer Schwachkopf, das wollen wir nicht. Nach all dem Ärger, den ich durchgemacht habe, werde ich nicht zulassen, dass das Mädchen als Abendbrot von einem Troll endet. Folge ihnen. Den Schnerg kann der Troll gerne haben, mit besten Empfehlungen von mir, und den Jungen auch – aber bring mir das Mädchen.«

21

Die Reisenden machten sich auf den Weg den Hügel hinab und behielten den Fluss auf der einen Seite, die fernen Zinnen von Banrive auf der andern. Gorbo ging voraus, mit dem Bogen in der Hand: »Nur für den Fall.«

Tiger trottete hinter Flora her, mithilfe von einem Stück Schnur dicht an den Fersen.

Sie liefen gerade unter einer Gruppe dürrer Tannen entlang, als Gorbo abrupt stehen blieb.

»Habt ihr das gehört? Ich glaube, ich hab ein … Klingeln gehört.«

»Erwischt, Schnerg!«, sagte die Stimme.

Etwas leuchtend Buntes fiel aus den Ästen über seinem Kopf und Gorbo ging mit einem *Umphhh* rücklings zu Boden.

Die Stimme gehörte einem jungen Mann mit scharf geschnittenem Gesicht, ganz in Rot und Gelb gekleidet, mit Schellen an den spitzen Enden seiner Schuhe und den Hörnern seiner Mütze. Er saß rittlings auf dem atemlosen Gorbo und presste etwas Spitzes gegen seine Rippen.

»Ergib dich, du lächerlicher Schnerg«, befahl ihm der junge Mann. »Oder ich werde dich zermalmen!«

»Runter von ihm!«, sagte Flora. »Du erdrückst ihn.«

Pip betrachtete das knallig rote und gelbe Kostüm und das kleine Saiteninstrument, das der Mann über die Schulter geschlungen hatte. »Bist du aus einem Zirkus?«

»Meine Lebensaufgabe ist es, der Welt die Sorgen zu nehmen«, sagte der junge Mann großspurig, »und zwar mit meinen fröhlichen Liedern und lustigen Späßen. Zu Euren Diensten, Sire – Baldry, der Narr am Hofe von König Kul, dem Herrscher der Kelpse.« Er machte eine tiefe Verbeugung über Gorbos Brust.

»Du nimmst mir nicht meine Sorgen«, widersprach Gorbo, »du nimmst mir die Luft. Ich kann nicht mehr atmen und dein Gebimmel geht mir auf den Geist.«

»Wir müssen diesen Schnerg fesseln«, erklärte der Spaßvogel. »Schnergenbisse sind giftig, versteht ihr. Ein Glück, dass ich zufällig hier in dem Baum saß und nichts Besseres zu tun hatte, als euch arme, unschuldige Kinder davor zu bewahren, in seine Höhle gelockt zu werden.«

»Du weißt doch nicht, was du redest«, sagte Flora.

»Tretet zur Seite, schönes Fräulein mit den blonden Haaren.« Der Spaßvogel hob seine Waffe. »Fürchtet euch nicht. Wenn er sich zur Wehr setzt, dann durchbohre ich ihn mit meiner –«

»Pastinake«, sagte Pip. »Jeder sieht, dass das eine Pastinake ist. Und Gorbo ist unser Freund. Lass ihn in Ruhe oder wir hetzen dir unsern Hund auf den Hals.«

»Nicht gerade viel Hund.« Der Spaßvogel betrachtete Tiger mit einem abschätzigen Blick. »Ist mehr so ein Zwergspitz. Hat irgendwer ein Seil dabei?«

»Ich hab etwas Schnur«, sagte Gorbo.

»Gib sie ihm nicht, Gorbo«, sagte Flora ärgerlich. »Er will dich fesseln.«

»Das werden wir aber nicht zulassen«, ergänzte Pip.

»Oje, ich sehe, der Schnerg hat euch beide schwer reingelegt«, klagte der Narr. »Aber fürchtet euch nicht, Baldry ist da. Bereite dich auf dein Schicksal vor, du kannibalistischer Dickwanst.«

Das war zu viel für Gorbo. Mit einem Seufzer warf er den Spaßvogel von sich runter und wand sich los. »Wen hast du gerade kannibalistischer Dickwanst genannt?«, forderte er den Gegner auf. »Jeder weiß, dass es die Kelpse sind, die Kinder verspeisen.«

»Halt dein Maul, du wehleidiger Schnerg!«, gab Baldry zurück. »Und gib mir dein Seil. Ich werde dich fesseln, wie die Spinne es mit einer Fliege tut, und dann werde ich dich bei König Kul abliefern. Der Lohn für das Fangen von Fremden – besonders von Schnergen –

beträgt siebzehn Silberstücke. Und der arme Baldry steht im Moment nicht in der Gunst des Königs …«

»Wieso nicht?«, fragte Pip.

Baldry schniefte. »Der König fühlte sich durch einen guten Scherz beleidigt, bei dem es um eine Menge Butter und um die Palaststufen ging – und, wie sich herausstellte, um ein paar blaue Flecken auf einem königlichen Hintern. Doch wenn ich ihm einen Schnerg bringe, wird er seinem Baldry verzeihen. Und selbst wenn nicht, schuldet er mir zumindest siebzehn Silberstücke.«

Er wollte Gorbo packen, doch plötzlich waren da Pip und Flora vor seinen Augen. Sie standen Schulter an Schulter – Pip mit erhobenen Fäusten und Flora mit den Händen in die Hüften gestemmt.

»Aus dem Weg, ihr mickrigen Würmer!«, rief der Narr und schlug mit der Pastinake nach ihnen. »Lasst mich an den Schnerg – *au!*«

Tiger hatte an seiner Schnur gezogen und nach den klingelnden Schellen an Baldrys Füßen geschnappt. Ein Kiefer schloss sich um die nach oben gerichtete Spitze von einem scharlachroten Schuh, dann schüttelte Tiger ihn wie eine Ratte.

»Ruft euren Zwergspitz zurück!«, forderte der Spaßvogel und hüpfte auf einem Bein.

»Du hast zwei Möglichkeiten, Mister Baldry.« Gorbo tauchte mit dem gespannten Bogen zwischen den Kindern auf. »Möglichkeit Nummer eins: Ich töte dich. Schnergen-Pfeile sind in ein Gebräu getaucht, das aus dem Saft der Vergiss-mich-schnell-Blume und einem Träufelchen von dem im tiefsten Delirium träumenden Siebenschläfer besteht. Du wirst auf der Stelle einschlafen – aber es bleibt das eindeutige Risiko, dass wir dich, wenn du aufwachst, in den Fluss geworfen haben, als Spielzeug für die Krokopotamus.«

Baldry schaute auf Gorbos Pfeil, der direkt auf seinen Bauch gerichtet war. »Und was ist die Möglichkeit Nummer zwei?«

»Führ uns zur nächsten Brücke«, sagte Gorbo. »Wir sind aus Versehen hier gelandet und wollen wieder nach Hause, über den Fluss zurück, ins Land der Schnerge.«

Baldry zog die Augenbrauen hoch. »Ich kenne nur eine und das ist die Troll-Brücke. Aber da kommt ihr nicht rüber.«

»Wieso nicht?«, fragte Gorbo harsch.

»Was glaubst du wohl, du Dummbasel?«, schnaubte Baldry. »Der Hinweis steckt doch bereits im Namen. Unter der Brücke haust ein Troll. Eine Trollin, um genau zu sein. So ein haariger Pudding von einer Bestie mit einer Nase, die schlimmer aussieht als die übelste Wurst. Die Trollin rührt sich nicht viel, aber wenn sie euch drei *trip-trap* über ihre Brücke gehen hört, kommt sie heraus wie der Blitz und das bedeutet das Ende für einen von euch. Wahrscheinlich für die da«, fügte er hinzu und nickte in Floras Richtung. »Eine hungrige Trollin findet die da ganz sicher köstlich, denke ich mir – nein, halt, nicht schießen!«

Gorbo hatte seinen Bogen gehoben. Der Spaßvogel sank auf die Knie, so gut das mit einem Welpen ging, der sich noch immer in seinen Schuh verbissen hatte. »Warte«, bettelte der Narr. »Nicht so hastig. Ich kann euch trotzdem nützlich sein. Ruft euren Hund zurück und leg du deinen Bogen zur Seite, dann sag ich euch, wie.«

Gorbo ließ den Bogen sinken, schaute aber immer noch skeptisch und Flora löste einen knurrenden Tiger vom Schuh des Narren.

»Kelpse mögen keine Fremden.« Baldry untersuchte den Schaden an seinem Schuh. »Fremde sollen auf der Stelle verhaftet und umgehend zu König Kul geführt werden, sobald man einen sieht: So lautet das Gesetz. Wenn ihr offen herumlauft, werdet ihr ruckzuck geschnappt. Dann werdet ihr nach Banrive verschleppt und der König sorgt dafür, dass man euch enthauptet und eure Schädel auf Stöcke gespießt werden.

»Lässt er ... lässt er oft Schädel auf Stöcke spießen?«, fragte Pip. Allein bei dem Gedanken sackte ihm schon das Herz in die Kniehose.

»Ist seine absolute Lieblingsbeschäftigung«, antwortete Baldry leichthin. »Er hat einen Obersten Scharfrichter, einen Oberscharfrichter und einen Mittleren Scharfrichter, die alle sechs Tage die Woche arbeiten. Er ist der härteste und grausamste Tyrann, der je eine

Krone getragen hat. Aber verzweifelt nicht – ich kenne eine Person, die vielleicht in der Lage ist, euch zu helfen. Sie hat eine Hütte nicht weit von hier, am Rand des Qualvollen Moors.«

»Klingt nicht sehr vertrauenerweckend«, sagte Gorbo und hob wieder seinen Bogen.

»Lass mich ausreden«, bettelte Baldry. »Die alte Frau ist harmlos. Hält sich von allem fern, lebt allein mit einem Haufen Katzen. Die Leute kommen mit ihren Problemen zu ihr: allen möglichen Dingen – von einer kranken Kuh bis zu einem gebrochenen Herzen. Ich hab gehört, dass sie auch auf der anderen Seite des Flusses gesehen wurde. Also muss sie einen Weg hinüber kennen.«

»Woher wissen wir, dass *sie* uns nicht für siebzehn Silberstücke verkauft?«, wollte Gorbo wissen.

Die Schellen an Baldrys Kopf klingelten, als er den Kopf schüttelte. »Sie doch nicht. Sie wird es nicht wagen, ihr Gesicht in Banrive zu zeigen. Es ist in diesem Land per Gesetz – bei Strafe durch langsames Absenken in eine Grube mit Säbelzahn-Tausendfüßern – strengstens verboten, Zauberei auszuüben.«

»Zauberei?« Gorbo runzelte die Stirn. »Du meinst, sie ist eine Hexe?«

»Ich hab doch gesagt«, antwortete Baldry, »nur Sprüche und Tränke – aber das reicht König Kul. Hat mal vor sehr langer Zeit eine schlechte Erfahrung gemacht, seitdem lebt er in Angst vor jeder Art von Magie. Du weißt doch, es gibt sowohl gute als auch böse Hexen.«

»Das ist wahr«, stimmte ihm Gorbo zu. »Das Problem ist nur, welche Hexe was ist.«

Baldry zuckte mit den Schultern. »Sie ist eure einzige Hoffnung. Vertraut mir. Beim Wort eines Narren.«

So kam es, dass Gorbo und die Kinder dem Fluss den Rücken kehrten – auf dessen anderer Seite es Freunde, Sicherheit und das Versprechen eines Zuhauses gab – und sich die ganze Zeit fragten: Ist es weise, einem klugen Narren zu vertrauen?

22

Manche Häuser wirken, als ob sie sich freuen würden, dich zu sehen. Andere nicht. Das Haus von Witwe Meldrum war geduckt und schaute finster unter dem Strohdach hervor, das über die Fenster ragte wie ein schlecht geschnittener Pony. Stängel von Sommerflieder sprossen aus dem Dach und der Gemeine Schmerwurz wuchs über den gewölbten Hauseingang, der den Ausdruck von heruntergezogenen Mundwinkeln hatte. Davor stand ein Wegweiser, dessen hölzerne Finger in entgegengesetzte Richtungen wiesen. Gorbo senkte den Schädel zwischen die Beine und zerbrach sich den Kopf über die eingeritzten Buchstaben.

»*EHCÜLF*«, las er. »Oder *EHCÜRPSSNEGES*. Sehr hilfreich. Also ich finde das nicht.«

»*FLÜCHE.*« Flora betrachtete die Buchstaben von oben. »Oder *SEGENSSPRÜCHE.*« Sie spickte auf ein Blatt Papier, das zwischen die Wörter genagelt war. »*M. Meldrum. Sackpfeifen-Unterricht. Für Anfänger und Fortgeschrittene. Anfragen im Haus.*«

»Flüche?« Gorbo warf Baldry einen anklagenden Blick zu. »Ich dachte, du hast gesagt, sie ist eine gute Hexe.«

Baldry zuckte mit den Schultern. »Irgendwomit muss die alte Frau ja ihr Geld verdienen – und die Kelpse lieben es, miteinander zu streiten. Wieso soll sie also nicht ein paar Flüche verkaufen, wenn es das ist, was die Leute wollen?«

»Wir wollen jedenfalls keinen«, sagte Gorbo entschieden. »Wir folgen den Segenswünschen.«

Sie gingen um das Haus herum und kamen an ein Tor in einer dichten Dornenhecke. Sie schoben das Tor auf und traten hindurch, mitten hinein in ein Beet mit hohen stechenden Nesseln und spitzen Dornen. Ein toter Apfelbaum reckte seine nackten Äste in den Himmel. Als sie sich zwischen den Nesseln und Dornen hindurch zu der wackeligen Veranda vorarbeiteten, kam plötzlich etwas von hinten aus dem Apfelbaum gejagt. Es schoss mit der Geschwindigkeit von Captain Vanderdeckens Kanonenkugeln auf sie zu, senkte den gehörnten Kopf, erwischte Gorbo am Gesäß seiner Kniehosen und warf ihn in die Luft. Gorbos überraschter Aufschrei brach ab und verwandelte sich in ein Blubbern, als er mit dem Kopf voraus in einer Regentonne landete.

»Gorbo!« Sobald sie nur noch die um sich tretenden Beine sahen, liefen ihm die Kinder besorgt zu Hilfe, doch der große schwarze Ziegenbock hatte sich umgedreht. Die gelben Augen auf sie gerichtet, scharrte er mit seinem gespaltenen Huf im Boden. Der flinke Baldry war bereits halb auf dem Apfelbaum.

Knarrend und quietschend öffnete sich die Haustür. Und dann stand, vom Alter gebeugt, ein Bündel aus Lumpen da, mit einem Kochtopf in der einen und einem Knochen in der anderen Hand.

»Mister Hornemann, hier ist dein Fressen.« Ihre Stimme war so schwach wie alles andere an ihr, gebrochen und zittrig. Sie stieß mit dem Knochen gegen den Topf und die Ziege drehte um und trottete sanft wie ein Lamm zu ihr auf die Veranda. Unter der Kapuze ihres zerschlissenen Umhangs hervor schätzte die Alte ihre Besucher ab.

»Ihr seid ganz schön viele«, sagte sie, während sie zuschaute, wie Pip und Flora einen triefenden Gorbo wieder auf die Füße stellten. »Müsst ihr eure Flöhe ausgerechnet in meiner Wassertonne ertränken, Mister Schnerg?«

»Ihr habt eine merkwürdige Vorstellung von Segenssprüchen«, antwortete Gorbo, als er endlich fertig geprustet hatte.

Die alte Frau lächelte. »Wenige kommen so weit durch den Wald, nur um einen Segensspruch zu erbitten. Die meisten meiner Besucher wollen Flüche.«

»Wir nicht«, sagte Gorbo. »Wir wollen auch keinen Ärger machen. Unser einziger Wunsch ist ein hübsches glückliches Ende.«

Die Frau schüttelte den Kopf. »Damit kann ich nicht dienen. Ein glückliches Ende kann man nicht kaufen. Dafür müsst ihr selber sorgen. Und wer ist das, der da wie ein Papagei in meinem Apfelbaum hockt?«

Mit einem Schellengeklingel sprang Baldry herunter und schlug klimpernd ein Rad. »Baldry, der Hofnarr, Lieferant für Lächerlichkeiten in königlichen Diensten, ist Ihnen allzeit ergeben, Madam. Ich bringe Euch diesen netten Kerl von einem Schnerg und diese unschuldigen Kinder, allesamt verloren und einsam und auf der Suche nach eurer Hilfe, um über den Fluss zu kommen und dorthin zurückzukehren, wo sie zu Hause sind.«

»Die Leute erwarten immer Gefälligkeiten von mir«, seufzte die alte Frau. »Ich habe Mister Hornemann und ein halbes Dutzend kleine Miezekatzen, die ich durchfüttern muss – und kaum einen Brotkanten für den eigenen Mund. Seht nur, ich muss mir meine Kleidung aus Rattenhäuten nähen.« Sie streckte einen Fuß vor. Rattenschwänze hingen von den Absätzen ihrer Hausschuhe. Flora wich einen Schritt zurück. »Wenn ihr Hilfe wollt … wie viel ist sie euch wert?«

Ein Schweigen entstand.

»Das.« Gorbo wühlte in seiner Tasche und zog die Münze heraus, die ihm Miss Watkyns gegeben hatte. »Ist der Kopf des Königs drauf. Und wenn Miss Watkyns hört, dass ihr geholfen habt, die Kinder zu retten und zurück nach Sunny Bay zu führen, wird sie euch bestimmt noch mehr geben; sie ist eine sehr weise und freigebige Frau.«

»Ich habe von dieser bewundernswerten Miss Watkyns schon gehört …« Sie schob die Münze in ihre Tasche und sah die Kinder an. »So, so, und ihr zwei wollt also zurück nach Sunny Bay, ja? Warum?«

Die Kinder dachten an die Möwen und an das Flimmern des Meeres, an heiße gebutterte Toastscheiben, warmen Kakao und an den Extra-Vanillepudding sonntags. Sie erinnerten sich an das Summen der Bienen in den Lavendelsträuchern und an Miss Scadgings Stimme, mit der sie ihnen an verregneten Nachmittagen Geschichten vorlas. Selbst die Stunden bei Mister Gribblestone erschienen ihnen gar nicht mehr so langweilig und ermüdend … Eine Welle von Heimweh wogte durch ihre Körper.

»Es ist der Ort, wo wir hingehören«, sagte Pip. »Es ist …«

»… unser Zuhause«, ergänzte Flora.

Der Ziegenbock hatte aufgefressen. Er stieß gegen das Bein der alten Frau in der Hoffnung auf mehr. Sie schob ihn fort, hob den leeren Topf auf, drehte sich um und ging ins Haus.

»Und?« Sie sah über die Schulter hinweg zu ihren Besuchern. »Worauf wartet ihr. Kommt besser rein.«

FÜNFTER TEIL

in dem Gorbo den Gefahren des Qualvollen Moors trotzt und Wilmus riskiert, von einem Krokopotamus gefressen zu werden. Flora lernt ihre Lektion über das Annehmen von Pfefferkuchen aus fremden Händen, Baldry passiert etwas Überraschendes und König Kuls Kelpse kommen angaloppiert.

23

Witwe Meldrums kleine Miezekätzchen stellten sich als Riesenkatzen heraus, schwarz wie die Nacht, mit hohen Beinen und smaragdgrünen Augen.

»Runenstein, Raffzahn, Grimalkin, Murr, Sauertopf, Schwester Graubuckel und … eine fehlt mal wieder wie immer«, sagte die alte Frau.

»O Tiger, *nein!*« Flora versuchte mit aller Kraft, ihn zurückzuhalten. Tiger war ein Welpe, der sich nicht groß um Fragen von richtig oder falsch kümmerte, aber eine Regel hatte er: »Wenn sich etwas bewegt, dann jag es – und das Einzige, was mehr noch als alles andere gejagt werden musste, war eine Katze. Der Anblick von sechs auf einmal, die ihn alle aus ihren grünen Augen herausfordernd anstarrten, war einfach zu viel für ihn.

Er riss sich los, sprang Flora aus den Armen und Witwe Meldrums Küche explodierte in einem Wirbelsturm aus gesträubtem, fliegendem Fell. Krallen schwangen, Rücken wurden gebuckelt, Schwänze peitschten. Baldry sprang auf einen Stuhl, Gorbo hielt sich die Ohren zu vor dem Kläffen, Fauchen und Katzengeschrei, während Flora und Pip verzweifelt versuchten, den Unruhestifter wieder einzufangen, der das ganze Chaos verursacht hatte.

Tiger hatte, wie die Redensart sagt, den Mund zu voll genommen. Es wäre wohl schlimm für ihn ausgegangen, wenn sich Witwe Meldrum nicht eingemischt hätte. Sie trat die Katzen aus dem Weg, griff in den Kampf ein und packte den Hund am Kragen. Er zitterte, die Nase war zerkratzt und ein Ohr eingerissen. Flora streckte ihm die Arme entgegen, aber die Witwe schüttelte den Kopf.

»Hier oben ist er sicherer.«

Witwe Meldrum hatte Etliches, was von ihrer Küchendecke hing: Zwiebelstränge, ausgebleichte Vogelschädel, hohle Kürbisse mit merkwürdig eingeschnitzten Gesichtern – und zwei Korbkäfige. In einem davon hockte eine große Kröte mit traurigen goldenen Augen.

»Gesellschaft für Mister B«, sagte die Witwe, setzte Tiger in den zweiten Käfig und schloss die Tür.

Flora biss sich auf die Lippe, als sie Tigers Jaulen hörte, doch die Katzen zogen – mit gesträubtem Fell und starrem Blick – unten am Boden ihre lauernden Kreise, deshalb widersprach sie nicht.

Gorbo hatte die Hände von den Ohren genommen und schnupperte. »Ich weiß nicht, *was* es ist«, bemerkte er, »aber *irgendetwas* ist Musik für meine Nase.«

Jetzt schnupperten auch alle andern. Was immer es war, es roch ein bisschen nach Zimtbär und erinnerte die Reisenden daran, dass sie seit dem Fest letzte Nacht nichts mehr gegessen hatten.

Witwe Meldrum lächelte. »Schauen könnt ihr«, sagte sie und schlug das Musselintuch von etwas, das auf dem Küchentisch stand, zur Seite. »Aber Naschen kommt nicht infrage.«

Es war ein Pfefferkuchenhaus: eine großartige Schöpfung mit drei Stockwerken, hohen Schornsteinen und von Zuckerguss überzogenen Giebeln. Es erinnerte Flora an das Puppenhaus in ihrem einsamen Kinderzimmer. Pip erinnerte es an irgendwas anderes, aber er war sich nicht sicher, an was. Die kleinen Marzipangesichter an den verriegelten Fenstern bedrückten ihn.

Baldry kletterte von seinem Stuhl und streckte eine Hand aus. Die Witwe schlug sie fort.

Ich habe gesagt, *Naschen kommt nicht infrage*. Es gibt noch Arbeit, wenn ihr über die Troll-Brücke wollt. Mit Trollen kann man gut umgehen, wenn man weiß, wie … und das geht durch ihren Magen. Wir werden der Trollin ein Geschenk dalassen – ein kleines Ding, das mit Mohn und Alraune gewürzt ist. Sie wird es hinunterschlingen und bald zu beduselt sein, um mitzubekommen, dass ein kleiner Reisender – oder auch drei – an ihr vorbeihuschen.«

»Wunderbarer Plan«, bestätigte Gorbo.

»Das wäre es«, stimmte die Witwe zu, die einen Schrank geöffnet hatte und die Regale durchsuchte. »Nur dass ich keine Alraunwurzel dahabe. Jemand muss mir welche ernten.« Sie zeigte auf Gorbo. *»Du.«*

»Ich?« Gorbo kratzte sich den wolligen Kopf. »Aber wo finde ich die?«

»Im Qualvollen Moor«, sagte Witwe Meldrum. »Kein Grund, so furchtsam zu schauen, Angsthase. Das ist ein lieblicher Ort – hüte dich nur vor den Schnodderwürmern, den Säbelzahn-Tausendfüßern und den Vampirfaltern. Außerdem gibt es noch eine extrem unschöne Art von Schlamm-Squieseln, die versuchen werden, sich um deine Fußgelenke zu schlingen und dich nach unten zu ziehen. Und wenn irgendwelche Sumpfkobolde kommen und dich anquatschen, schau ihnen auf keinen Fall in die Augen, egal, was du tust. Du wirst vollkommen in Sicherheit sein, solange du nicht auf eine Heulschnecke trittst. Sie machen riesigen Lärm, um alles aufzuwecken, dem du *auf keinen Fall* begegnen willst. Du musst jetzt los, solange noch ausreichend Licht herrscht, um die Wurzeln zu finden, aber du darfst sie nicht ernten, bevor der Mond auf sie scheint. Es ist ganz wichtig, dass du dich daran erinnerst – sonst funktioniert der Zauber nicht.«

»Werde ich lange warten müssen?« Gorbo sah unglücklich aus. »Im Dunkeln? Allein?«

»Wir kommen mit, Gorbo«, sagte Pip, auch wenn er das eigentlich lieber nicht wollte. Er sah Flora an.

Sie schluckte und nickte. »Was ist ein Schnodderwurm?«

»Sie kriechen dir in der Nase hoch und saugen dein Hirn aus, bis nichts mehr da ist. Auch wenn es schon deshalb, weil ich ja gar kein Hirn habe, vielleicht nicht so schlimm werden wird.«

»Die Kinder bleiben bei mir«, sagte Witwe Meldrum. »Wer würde denn zwei unschuldige Kinder in ein Moor schicken, wenn es bald dunkel wird? Was würde die gute Miss Watkyns denn dazu sagen?«

Das war einfach zu beantworten. »Sie würde sagen, es ist gegen die Regeln«, erklärte Pip. Noch vor zwei Tagen hätte ihm das gereicht, um sich zu wünschen, im Mondschein durchs Moor zu quatschen, aber in den zwei Tagen war viel passiert. Pip hatte sich Abenteuer gewünscht. Langsam begriff er, dass die richtige Sorte Abenteuer ja vielleicht Spaß macht, die falsche aber bewirkt, dass du dir wünschst, du wärst brav zu Hause geblieben. Vampirfalter und Heulschnecken klangen sehr nach der falschen Sorte Abenteuer.

»Baldry könnte doch mitgehen«, schlug Flora vor.

»In ein Moor? Mit diesen Schuhen?« Baldry machte einen kleinen Hüpfer und die Spitzen klimperten. »Nein danke.«

»Viel Lärm um nichts«, schimpfte Witwe Meldrum und reichte Gorbo einen Sack und eine Laterne. »Du kannst den Weg gar nicht verfehlen – immer den Hügel hinab, bis die Füße nass werden – und die Alraunen erkennst du, wenn du sie hörst. Sie jammern, wenn du sie rausziehst. Ich brauche mindestens ein Dutzend schöne fette. Sinnlos, ohne die Wurzeln zurückzukommen, jedenfalls wenn ihr nach Hause wollt. Vielleicht trinkst du noch einen Tropfen von meinem Holunderlikör, um die Feuchte von deinen Knochen fernzuhalten, und iss noch ein Stück Pfefferkuchen, das dir die nötige Kraft verleiht. Alraunwurzeln können sehr störrisch sein.« Sie knickte einen der Schornsteine von dem Pfefferkuchenhaus ab und reichte ihn Gorbo.

»Und ihr passt auf die Kinder auf, oder?«, fragte er ängstlich. »Solange ich weg bin?«

»Wie wenn sie meine eigenen wären«, antwortete Witwe Meldrum.

Als sie die Tür hinter Gorbo verriegelte, spürten Pip und Flora einen Anfall von Verlust und Einsamkeit. Ein Luftzug hatte die ganzen kleinen Kürbisköpfe in Schwingung versetzt. Sie sahen aus, als würden sie lachen, und das nicht auf freundliche Art.

»Ihr armen erschöpften Kinder, ihr braucht jetzt ein bisschen Schlaf«, sagte Witwe Meldrum. »Oben gibt es ein hübsches kleines Zimmer, da könnt ihr es euch gemütlich machen.«

»Wir sind nicht müde«, sagte Pip und unterdrückte ein Gähnen. »Wir warten lieber auf Gorbo.«

»Der wird Stunden brauchen, bis er zurück ist«, sagte die alte Frau, »und morgen müsst ihr früh los und habt eine weite Reise vor euch. Hab ich nicht versprochen, dass ich auf euch aufpasse? Genau das werde ich tun – wie wenn ich eure Mutter wäre.«

Flora dachte an ihre Mutter, die sich so viel mehr um Tischmanieren und ihre Partys gekümmert hatte als um ihre Tochter. Pip dachte an Bella, die betörend biegsame Balancier-Baronin, die davongelaufen war und ihn mit dem Vater alleingelassen hatte. Keiner von beiden hatte großes Vertrauen in Mütter.

»Wenn ihr artige Kinder seid und brav nach oben ins Bett geht, dann gibt es vielleicht noch eine kleine Süßigkeit«, redete ihnen die alte Frau gut zu. »Hier, nehmt euch. Du nicht«, fauchte sie Baldry an, der seine Hand ausstreckte. »Du kannst da drüben in der Kiste schlafen.«

»Da liegen lauter Katzen drin«, widersprach Baldry.

Die Witwe zuckte mit den Schultern. »Dann musst du eben im Stehen schlafen. Oder draußen bei Mister Hornemann, wenn dir das lieber ist.«

Flora hatte ein Stück Pfefferkuchendach abgebrochen. »Mmmh«, sagte sie mit vollem Mund und brach noch ein bisschen mehr ab.

Die Witwe lächelte. »Jetzt du«, sagte sie zu Pip und reichte ihm ein Stück.

Pip kaute daran und zog die Augenbrauen zusammen. Als das Stück auf seiner Zunge schmolz, wusste er plötzlich, was mit dem Pfefferkuchenhaus nicht stimmte. »Das ist Sunny Bay«, sagte er. »Das ist das Waisenhaus.« Und als er die kleinen Marzipangesichter mit ihren runden, offenen Mündern wieder ansah, spürte er ein kaltes Kribbeln im Nacken. »Und das sind die ganzen Kinder. Wir … schreien alle.«

In dem Moment verdunkelte ein Schatten die Witwe. Tiger bellte und setzte seinen Käfig in Schwingung. Eine schwarze Silhouette sprang durch das offene Flügelfenster: eine Katze mit nur einem Auge, die Ohren eingerissen und vernarbt, und der Schwanz hatte am Ende einen Knick.

»Nicht noch eine!«, beklagte sich Baldry. »Was für ein hässliches Vieh.«

Witwe Meldrum warf einen Blick über die Schulter. »Ach, er«, sagte sie. »Spät wie immer. Das ist Gubbin.«

Gubbin! Flora erstarrte mit einem Pfefferkuchenstück auf halbem Weg zum Mund. Pips Kribbeln verwandelte sich in einen eisigen Angstschauer. Er schwang sich zur Tür, aber die Witwe hatte den Schlüssel eingesteckt. Und dann entdeckte er etwas, das an der Wand lehnte … ein lilafarbener Schirm. Und gleich daneben, ganz klein und verloren, lag Floras fehlender Schlurfer.

24

»Er mag dich«, sagte Witwe Meldrum.

Gubbin wand sich um Floras Beine. Flora stand da wie eine Statue, nur ihre Kehle bewegte sich, wenn sie schluckte. Pip sah die Angst in ihren Augen. Und vom Pochen des eigenen Herzens wurde ihm schlecht.

»Es ist Zeit, kleine Kinder gehören ins Bett, wo sie süß vor sich hin schnarchen. Und das gilt auch für kleine Hunde.« Sie hob Tigers Käfig vom Haken und stieg die schiefe Treppe hinauf. Es gab keine Möglichkeit zu fliehen. Sie mussten der Frau folgen.

»Hier drinnen werdet ihr euch wohlfühlen.« Witwe Meldrum stand in der Tür und schob die Kinder ins Zimmer. »Stört euch nicht an der Wäsche.«

Pip und Flora hoben den Blick zu der Leine mit leuchtend bunter Unterwäsche, die an einem Balken über ihren Köpfen hing. Strümpfe in allen Schattierungen von Lila, Malve, Violett, Magenta, Aubergine und Pflaume wurden von Fledermäusen gehalten, die – ihre Flügel um den haarigen Körper geschlungen – von dem Balken herabhingen und ihre Kopfüber-Träume träumten.

»Fühlt euch ganz zu Hause.« Witwe Meldrum deutete auf eine schmale, strohgefüllte Matratze. An der Wand darüber war etwas

Schwarzes, Verschrumpeltes aufgehängt. »Zuhause ist da, wo das Herz wohnt.« Ihr Lachen klang unangenehm. »Schlaft gut. Kein Grund, euch über irgendwas Sorgen zu machen – Mutter Meldrum wird sich um alles kümmern. Mutter weiß am besten …«

»Sie drehte sich um und ging. Die Katzen jagten hinter ihren Rattenschwanz-Hausschuhen her. Nur eine blieb zurück. Jetzt, nachdem Gubbin endlich Flora gefunden hatte, wollte er offenbar gar nicht mehr von ihrer Seite weichen. Er ignorierte Tigers hektische Einwände, rollte sich auf einem Schaukelstuhl zusammen und beobachtete sie mit seinem einen grün funkelnden Auge.

Pip und Flora saßen aneinandergekauert auf der Matratze.

»Sie sieht gar nicht aus wie die Frau aus dem Auto«, sagte Pip.

»Wir konnten sie unter dem Hut ja nicht richtig erkennen.« Flora fütterte Tiger durch die Käfigstangen mit Pfefferkuchen, um ihn zu beruhigen. Ihn in Gubbins Anwesenheit rauszulassen, wagte sie nicht.

»Pip, was hat sie wohl mit uns vor?«

»Weiß nicht …«

Die Kinder saßen in ängstlichem, unglücklichem Schweigen herum und fragten sich beide dasselbe. Waren sie aus Versehen in die Sorte Abenteuer geraten, die auf die grausamste Weise endet, die man sich vorstellen kann – die Sorte, bei der du nie, nie mehr nach Hause findest?«

»Ich wünschte, sie hätte Gorbo nicht weggeschickt«, sagte Flora.

Pip hörte das Zittern in ihrer Stimme. »Wir kommen hier raus und dann suchen wir ihn. Dann finden wir auch die Brücke, und wenn wir die gefunden haben –«

»Was ist mit dem Troll?«, erinnerte ihn Flora. »Und mit dem Krokopotamus?«

Pip stand auf, um aus dem Fenster zu schauen. Er musste sich auf Zehenspitzen stellen. Das Fenster war klein, weit oben und ohne Scheiben, die Fensterläden hingen schief und kaputt in den Angeln und das überhängende Strohdach ließ nicht viel Licht herein. Sie würden es vielleicht, gerade so eben, schaffen, sich hindurchzuzwängen, aber dann ging es tief nach unten. Als sie es plötzlich im Zimmer rascheln hörten, drehten sie sich um. Es wurde dunkel. Die Fledermäuse rührten sich. Und als die Tiere ihre Flügel öffneten wie haarige Blüten, sich kratzten, reckten und streckten, fielen die Strümpfe zu kleinen geknautschten purpurfarbenen Haufen auf den Boden. Langsam entstand in Pips Kopf eine Idee. Er duckte sich zwischen den Fledermäusen hindurch und hob einen der Strümpfe auf.

»Flora, wie gut kannst du Knoten binden?« Er zog an dem Strumpf und testete seine Stärke.

Flora gähnte. »Wilmus hat es mir auf dem Fest beigebracht. Ich kann die strangulierende Schnecke, den webenden Wurm und – wie hieß der dritte noch mal? Jetzt weiß ich es wieder: den Unlösbaren.«

»Gut.« Pip schnappte sich einen Haufen heruntergefallener Strümpfe und warf sie ihr in den Schoß. »Wir machen eine Strumpfleiter.

Flora blinzelte ihn an und gähnte erneut. »Eine was?«

»Wir hängen sie aus dem Fenster und klettern dran runter.« Pips Finger waren schon in Aktion. »Wir finden Gorbo und dann … dann überlegen wir, was wir als Nächstes tun.«

Als sich die erste Fledermaus von der Wäscheleine löste und leise durchs Fenster hinausschoss, begannen die Kinder zu knoten.

Flora fing gut an, doch ihre Augenlider wurden schwer, ihre Finger verhedderten sich, sie brachte die gelernten Knoten durcheinander und die Strümpfe lösten sich wieder auf.

Sie rieb sich die Augen. »Ich bin so müde. Kann ich mich nicht ein bisschen hinlegen, nur mal ganz kurz?«

Pip schüttelte den Kopf. »Wir müssen uns beeilen. Wir müssen Gorbo finden, bevor es zu dunkel wird.«

»Ich kann nicht …« Floras Kopf sank nach unten, ihre Augen waren halb zu. Die Strümpfe fielen zu Boden, sie beugte sich vor, sackte in sich zusammen, ihr Kopf lag auf den Händen. »Tut mir leid«, murmelte sie hinter dem Vorhang ihrer Haare. »Ich bin so, so müde …«

»Flora, wach auf!« Pip fasste sie an den Schultern und schüttelte sie. *»Flora!«* Was war los mit ihr? Er starrte auf sie hinab. Pfefferkuchenkrümel klebten an ihrem Mund.

Der Pfefferkuchen! Irgendwas war in dem Pfefferkuchen.

Pips Blick flog zu dem Welpen im Käfig. »Tiger! Hey, Tiger!« Doch auch er schlief, mit der Nase auf den Pfoten.

Pip fühlte sich plötzlich sehr allein. Die Fledermäuse waren über Nacht ausgeflogen, sie waren lautlos wie Rauch auf ihren ledrigen Schwingen durch die Lücke unter dem Strohdach geflitzt. Nur Gubbin war da und beobachtete ihn durch sein eines grün funkelndes Schlitzauge. Wie lange würde es dauern, bis Flora wieder aufwachte? Ihm blieb nur, weiterhin Strümpfe zusammenzuknoten und zu hoffen, dass er es schaffen würde, Flora aufzuwecken, wenn er mit der Leiter fertig war.

Ein Strumpf nach dem andern … Pip merkte, wie er anfing zu gähnen, seine Lider schlossen sich langsam. Mit einem Ruck setzte er sich wieder auf. *Mist, du hast auch von dem Pfefferkuchen probiert. Du hättest nichts –!*

Er hatte nicht mehr als einen Bissen gegessen, doch er spürte, wie auch bei ihm die einschläfernde Wirkung einsetzte, zu stark, um sich dagegen zu wehren. Ohnehin hatte er inzwischen fast alle Strümpfe aufgebraucht.

Pip steckte sie unter das Ende der Matratze, damit sie niemand sehen konnte, und legte sich neben Flora.

»Nur kurz«, sagte er sich. »Nur eine kleine Weile …«

24 ½

Irgendwann später ging knarrend die Tür auf und Witwe Meldrum trat ein. Mit einer Kerze in der Hand betrachtete sie die Gestalten auf dem Bett und horchte auf ihren Atem.

»Zwei kleine Waisenkinder. Ein kleiner Hund«, zählte sie. Ihr Schatten ragte in dem Kerzenschein steil und hoch auf. Sie hatte ihren Buckel verloren, genauso wie ihre Stimme das Alterszittern verloren hatte. Ihre Augen leuchteten wie Amethyst. »Schlaft gut und süße Träume«, murmelte sie. »Lasst euch von keinen Albträumen schrecken. Dafür ist später noch Zeit.«

25

Pip träumte: Er war wieder in der Zirkusmanege und schwang von einem Trapez aus purpurnen Socken. Tief unten stand sein Vater, brüllend, mit rot angelaufenem Gesicht. »Spring, du mieser kleiner Wurm!« Er wusste, was sein Vater mit ihm machen würde, wenn er stürzte. Es war besser, wenn er da oben blieb, hin und her schwang, vor und zurück, vor und zurück. Doch die Knoten waren nicht fest genug, die Strümpfe dehnten sich langsam, fransten aus … Pip fiel aus einem Traum in den nächsten, wachte in seinem Bett in Sunny Bay auf, wo das Sonnenlicht mit dem Versprechen auf Frühstück durchs Fenster strömte …

Als er tatsächlich aufwachte, hielt das Traumgefühl von Sunny Bay weiter an, herrlich warm und kuschelig, bis er sich erinnerte, wo er war. Nach dem schönen goldenen Sonnenlicht aus dem Traum war die eisige Kälte erschreckend. Er drehte den Kopf zur Seite und konnte das helle Gewirr von Floras Haaren erkennen. Tiger, der mit Pfefferkuchenkrümeln übersät war, schnarchte in seinem Käfig.

Unten schlug eine Tür zu.

»Was ist mit dir passiert?« Witwe Meldrums Stimme klang höhnisch. »Du siehst ja aus wie halb ertrunken.«

»Ich mag keine Trolle, Mudder. Sind nicht nett zu dem armen

Golitho. Hab nur gefragt, ob sie irgendwelche hübsch saftige Kinder gesehen hat. Da hat mich die Trollin in den Fluss gestoßen. Denkst du, sie hat die Kinder schon längst verschlungen?«

»Hat sie nicht«, antwortete Witwe Meldrum. »Sie sind oben in Sicherheit – und sie haben genug von meinem Pfefferkuchen gegessen, dass sie bis mittags schlafen werden.«

Golitho. Fauliger Atem und gewaltige Eckzähne. Pip war jetzt hellwach. Er wand sich von der Matratze, kroch zur Tür und öffnete sie vorsichtig, damit sie nicht knarrte. Er legte sich auf den Bauch und schob sich vor bis zum Treppenabsatz, von wo aus er einen Teil der Küche unten einsehen konnte. Schwere Stiefel an den Enden von zwei langen Beinen, dazu ein Kopf wie ein moosbewachsener Felsklotz. Pip erkannte die Rückseite des Schädels. Er hatte ihn schon mal gesehen, da hatte er eine Chauffeursmütze getragen.

Gerade als sich der Riese auf einen Stuhl fallen ließ, der etliche Nummern zu klein für ihn war, bemerkte er Baldry, der auf der anderen Seite des Tischs saß und Suppe löffelte.

»Wer ist das, Mudder?«

»Das, mein Sohn, ist der Hausidiot seiner Majestät, König Kul.«

»Narr, nicht Idiot«, widersprach Baldry. »Aber ehrlich gesagt, ziehe ich das Wort *Spaßvogel* als Berufsbezeichnung vor.«

»Wieso trägt der lauter Glocken?« Golitho starrte ihn an. »Was macht der hier?«

»Das habe ich mich auch schon gefragt«, antwortete Witwe Meldrum. »Was tust du hier, Meister Spaßvogel, außer Suppe schlürfen und dumm im Weg stehen? Und jetzt erzähl mir bloß nicht, du hilfst den Kindern und ihrem Schnerg aus reiner Herzensgüte, denn das glaub ich dir nicht. Dein Herz ist nicht gütiger als meins.«

»Wir wissen beide«, antwortete Baldry, »dass der König keine Fremden in seinem Land duldet – und das Fangen eines Schnergs bringt siebzehn Silberstücke ein.«

»Dann bring ihn nach Banrive und hol deinen Preis ab«, sagte Witwe Meldrum. »Wieso schleppst du den Schnerg stattdessen zu mir?«

»Er hat sich der Gefangennahme widersetzt; es war drei gegen einen.« Baldry klatschte in die Hände und verscheuchte eine Katze, die auf seinen Schoß gesprungen war. »Ich bin kein Mensch der Gewalt, deshalb hab ich mich entschieden, auf List zu setzen. *Bring sie zu der Hexe,* hab ich gedacht. *Sie wird dir helfen.* Macht mir nichts aus, die Belohnung zu teilen. Zwölf Silberstücke für mich – er ist schließlich mein Schnerg – und fünf für Euch. Das Problem ist … ich sollte mich im Moment besser nicht in Banrive sehen lassen. Ich werde nämlich gesucht, weil ich wegen Beleidigungen … milchverwandter Natur angeklagt bin. Es gab einen Vorfall, der mit Butter zu tun hatte. Und mit Stufen. Und mit einem königlichen Hintern. Ich fand das lustig. Der König leider nicht.«

»Du bist zu der Falschen gekommen«, sagte Witwe Meldrum und stellte die Suppenschüssel vor ihren Sohn. »Ich bin nicht willkommener in Banrive als du.«

»Der König muss ja nicht wissen, dass Ihr eine Hexe seid«, hielt Baldry dagegen. Er betrachtete sie von oben bis unten. »Es ist traurig, dass Ihr so …«

»Dass ich so hässlich aussehe?« Witwe Meldrum lachte. »Eine widerliche Hexe mit mehr Warzen als der arme Mister B?« Die Kröte verdrehte bei diesen Worten ihre goldgefleckten Augen, blähte die Kehle auf und stieß einen wehmütigen Rülpser aus. »Keine Widerworte!«, fauchte die Witwe und gab dem Käfig einen Stoß, um ihn in Schwingung zu versetzen. »Man soll die Frucht nicht nach ihrer Schale beurteilen, Meister Narr. Ein schönes Herz kann auch unter einer hässlichen Haut schlagen … und umgekehrt.«

Sie nahm einen Spiegel mit Horngriff von der Kommode und fing an, eine Warze nach der andern von ihrem Kinn zu zupfen. Dann warf sie sie den Katzen zu, die maunzten und mit den schwarzen Pfoten nach ihnen schlugen. Schließlich entfernte sie noch ihre picklige Hakennase.

»Hühnerhaut«, erklärte Witwe Meldrum und wischte sich das Fett von ihrer perfekten, *gerade* geformten Nase. Als sie die Kapuze von ihrem Umhang zurückschlug, fiel ihr langes dunkles Haar heraus, das hier und da einen Hauch von Silber hatte. »Kein Grund, mich anzustarren, Mister Baldry. Meine Verkleidung mag vielleicht nicht schön sein, doch sie ist gut fürs Geschäft. Die Leute lassen sich nun mal gerne täuschen – und zahlen den doppelten Preis für Flüche, die sie von einer Hexe erwerben – einer Hexe, die ordentlich runzlig und voller Warzen ist.« Sie setzte sich hin und kickte die Rattenpantoffeln von sich, dann streckte sie ihre Beine mit den violetten Strümpfen aus. »Wie du habe auch ich allen Grund, nicht mein wahres Gesicht zu zeigen. Trink noch von meinem Holunderlikör, Baldry. Weißt du eigentlich, wieso der König solche Angst vor Magie hat?«

Baldry nippte von dem Glas, das sie ihm reichte. »Ich hab die Geschichte gehört. Wirres Geschwätz über eine Hexe, die die erste Königin am Hochzeitstag in einen Frosch verwandelt haben soll. Nur ein Idiot würde so etwas glauben …« Seine Stimme verlor sich und sein Mund blieb offen stehen, als er Witwe Meldrum anstarrte. »Sie lächelte so ein Lächeln, das bei einer schönen Erinnerung aufkommt. »Es ist wahr? *Ihr* wart das?«

»Sie gab einen sehr schönen kleinen Frosch ab mit ihren dürren Beinen und ihren Glotzaugen«, sagte Witwe Meldrum. »Fort hüpfte sie in den Teich, wo sie bestimmt wunderbar damit zufrieden ist, Fliegen zu fangen und Laichballen zu legen.«

Baldry nahm einen tiefen Schluck Holunderlikör. »Aber … *warum?*«

Witwe Meldrum zuckte mit den Schultern. »Warum nicht? Der König hätte stattdessen mich heiraten können. Es hätte mir gefallen, Königin zu sein. Ich hätte für ihn Banrive regiert – er hätte nichts mehr zu tun brauchen, als dazusitzen und sich den ganzen Tag lang den Bart zu kämmen. Aber er wollte ja lieber ein kleines Froschgesicht. Was für ein königlicher Wutanfall, als er merkte, was passiert war. Sie hätten mich in den Kerker geworfen, aber ich bin ihnen wie Moornebel durch die Finger geglitten und auf die Hügel geflohen, wo ich einen Felsentroll traf. Er ließ mich in seiner Höhle wohnen –

bis er eines Morgens zu lange draußen blieb. Armer Meldrum. Die Sonnenstrahlen haben ihn erwischt und in Stein verwandelt.«

»Pech für den armen Kerl«, sagte Baldry, trank den Likör aus und griff nach der Flasche.

»Mit Pech hatte das wenig zu tun«, sagte die Witwe. »Harter Granit zwischen den Ohren und ein Gesicht wie eine versteinerte Tomate. Da kann man genauso gut mit einem Grabstein reden. Auf Dauer hielt ich das nicht aus. Eines Nachts überredete ich ihn, rauszukommen und mir zu helfen, die Sterne zu zählen.« Sie lachte. »Über drei kam er nicht hinaus, der arme Schwachkopf, aber ich hielt ihn so lange draußen, bis die Sonne aufging. Er hatte keine Chance. Was glotzt *du* denn so?«

Der Riese starrte sie an, mit einem Löffel voll Suppe auf halbem Weg zum Mund. »Mudder hat Vadder getötet?«

Sie tätschelte ihm die Schulter. »Schau mich nicht so an. Ich hab mich doch um dich gekümmert, oder etwa nicht? Ich hab meinen kleinen Golitho zu einem hübschen Menschenfressermonster erzogen. Als du erwachsen warst, hab ich dich den Hügel hinabgeschickt, um andere zu belästigen und den Kelp-Kindern Albträume zu machen.«

»Schöne Kinder. Saftig.« Golitho hatte ein Stück Blatt an der Oberlippe hängen. Er seufzte in Erinnerung an seligere Zeiten. »Aber dann hat mich die andere böse Hexe gestoppt. Hatte schreckliche Schmerzen in meinen Beißern – so Stiche, so 'n pochender Schmerz und so 'n Ziehen in meinen Rackern und Knackern, wenn ich gerade schön sabbernd über einem guten Happen Fleisch hockte. Kürbisse«, sagte Golitho, »sind einfach nicht das Gleiche.«

»Wo wir gerade von Kindern sprechen«, merkte Baldry nachdenklich an. »Diese zwei da oben … wenn wir die mästen und ein bisschen aufblähen würden, könnten sie glatt als Schnerge durchgehen. Der König würde den Unterschied gar nicht merken – der hat ja mehr Bart als Verstand. Das wäre ein Lohn von dreimal siebzehn Silbermünzen, was zusammengerechnet … ziemlich viel ist.«

»Ich fürchte, wir werden deinen Schnerg nicht wiedersehen.« Witwe Meldrum goss sein Glas wieder voll. »Auch er hat von meinem Pfefferkuchen gegessen. Aber im Qualvollen Moor musst du alle Sinne beisammen haben, wenn du allein in der Dunkelheit bist, und es ist äußerst unwahrscheinlich, dass du den Morgen erblicken wirst. Deine Knochen werden noch vor Sonnenaufgang restlos sauber genagt sein.«

Baldry legte die Stirn in Falten. »Ich dachte, Ihr hättet ihn losgeschickt, um Eure Kräuter zu holen.«

Mit einem Lachen nahm Witwe Meldrum ihren Schirm hoch. »Verstehst du denn nicht, Meister Narr, dass man mir keinen Deut mehr trauen kann als dir? Ich habe jede Menge Alraunwurzeln in meiner Vorratskammer. Ich brauche keine neuen. Genauso wenig wie ich einen Schnerg brauche, der herumhüpft und mir im Weg steht. Die Kinder sind etwas anderes. Das Mädchen kriegst weder du noch König Kul. Das Mädchen ist Teil meines Plans.«

»Was denn für ein Plan? Wovon redet Ihr?« Baldry war neugierig.

»Eine kleine Rache.« Witwe Meldrum saß da und drehte nutzlos ihren Schirm. Ihr Blick ruhte auf dem Pfefferkuchenhaus und den vielen kleinen schreienden Marzipangesichtern. »All die Jahre oben in den Hügeln, mit den Trollen und Kobolden um mich herum, habe ich gewartet. Als genug Zeit vergangen war, dass mich die Welt vergessen hatte, kam ich wieder herab und habe hier mein kleines Geschäft aufgebaut. Aber ich habe immer noch ein Versprechen, das ich halten muss …« Funken schossen aus der Schirmspitze; Flammen flackerten in Lila und Magenta um die Pfefferkuchenwände. Etliche der Marzipanfiguren schmolzen zu klebrigen Pfützen. »Ich werde nie müde werden, das zu tun«, sagte die Witwe träumerisch.

Baldrys Augen bekamen plötzlich etwas Verschlagenes. »Was, wenn König Kul herausfinden würde, dass die arme alte Frau, die am Rand des Moors lebt, die Hexe ist, die seine Braut in einen Frosch verwandelt hat? Was ist es Euch wert, dass ich meinen Mund halte?« Höhnisch grinsend trank er sein Glas aus. »Arme alte Mutter

Meldrum – bist am Ende doch nicht so eine weise Frau, was? Hast mir leider zu viel erzählt!«

»Hab ich, nicht wahr?«, stimmte sie zu. »Schade. Ich habe unser kleines Gespräch wirklich genossen.«

»Was …?« Baldry versuchte aufzustehen, doch sein Gesicht war plötzlich schweißgebadet. Er schwankte auf den Beinen, ehe er auf den Stuhl zurücksackte.

»Nur ein Narr trinkt drei Glas Hexenlikör«, sagte Witwe Meldrum.

Als der Schirm aufschnappte, wurde Pips Blick von einem Kreis purpurner Rosen blockiert. Ein *Knall,* ein Hauch von malvenfarbenem Rauch … und ein Krächzen. Die Witwe klappte ihren Schirm wieder zu. Baldrys leuchtend bunte Strumpfhose und Weste lagen in einem zusammengeknautschten Haufen am Boden. Etwas bewegte sich. Eine Katze stieß mit der Pfote dagegen. Und ein winziger rot-gelb gemusterter Frosch hüpfte unter den Tisch. Bei jedem Hüpfen hörte man ein ganz leises Schellen.

Witwe Meldrum scheuchte die Katze fort. »Nicht berühren, Schwester Graubuckel, der ist sehr wahrscheinlich giftig. Ein sehr unangenehmer junger Mann. Und eindeutig ein Idiot – scheint eins von seinen eigenen Glöckchen verschluckt zu haben.«

26

»Flora, komm schon, wach auf – du *musst* aufwachen! Wir müssen Gorbo retten, bevor die Kobolde seine Knochen einsammeln, die Schnodderwürmer ihm sein Hirn aussaugen oder er von irgendwelchen Schlamm-Wieauchimmer-Tieren gesquieselt wird. *Flora!*«

Pip hatte ein Ende der Strumpfleiter bereits an dem Fledermausbalken festgebunden und das andere aus dem Fenster gehängt. Wenn er sich so weit hinausbeugte, wie er sich traute, konnte er das Ende sehen. Es reichte nah genug an den Boden.

Pip musste Flora lange schütteln, bis sie endlich die Augen aufschlug und ihn wahrnahm, aber schließlich gelang es ihm, sie hochzuziehen. Draußen lösten sich erste Schatten aus dem Dunkel der Nacht. Die Kinder hielten den Atem an, als einer dieser Schatten unter das Strohdach huschte und ihre Köpfe streifte. Die Fledermäuse kamen zurück, um zu schlafen.

Pip zog sich am Fenster hoch und schwang ein Bein über den Sims. Für ein drahtiges Zirkuskind war es natürlich einfach, sich an einer schwingenden Leiter nach unten zu hangeln, selbst mit einem schlafenden Welpen, den er sich in sein Hemd gestopft hatte. Flora war da weniger bereit – sie war immer noch verschlafen und hatte nie gelernt, einfach so in der Luft zu baumeln –, doch die Vorstellung, allein zurückzubleiben, entsetzte sie noch mehr als die Gefahr abzustürzen. Eine Schrecksekunde lang hatte sie das Gefühl, in dem schmalen Fensterausschnitt stecken zu bleiben. Aber ein bisschen hektisches Gezappel und der Gedanke an Gorbo, der allein und in Gefahr war, halfen ihr und kurz darauf landete sie unten neben Pip.

»Immer den Hügel hinab, bis die Füße nass werden«, sagte Pip in Erinnerung an die Anweisungen, die Witwe Meldrum Gorbo gegeben hatte. »Auf geht's.«

»Meine Füße quatschen«, beklagte sich Flora nach einer Weile. Die Wirkung des Pfefferkuchens hatte Kopfschmerzen und eine Gereiztheit bei ihr hinterlassen.

»Quatschen ist gut«, machte ihr Pip Mut. »Das bedeutet, wir sind richtig.« Er warf einen Blick über die Schulter und beschloss, Flora nicht zu sagen, dass sie verfolgt wurden und ein langbeiniger Schatten mit Knick im Schwanz die Fährte aufgenommen hatte.

Der matschige Boden machte leise ploppende und saugende Geräusche unter ihren Füßen. Durch den wabernden Nebel konnte man nicht weit sehen. Pip versuchte, nicht an Schnodderwürmer zu denken, die ihm womöglich über die Haut liefen, auf der Suche nach einem Weg, sich in ihn hineinzuwinden. Mehr als einmal glaubte er ein gedämpftes Kichern zu hören, das aus den Gräsern zu dringen schien, oder das Leuchten von Augen zu sehen, die sie beobachteten …

Sie riefen nach Gorbo, so laut sie sich trauten – in einem gezischten Geflüster. Doch es kam keine Antwort.

»Die Sumpfkobolde haben ihn erwischt.« Flora war nicht in der Stimmung, irgendwas positiv zu sehen. Sie umklammerte den schlafenden Tiger, um sich besser zu fühlen. »Oder die Schlamm-Squiesel haben ihn hinabgezogen. Oder –«

»Nein, haben sie nicht.« Pip wollte den Gedanken einfach nicht zulassen. »Schau, da vorn ist ein Schmetterling … zwei, drei … ganz viele.«

Schwarz und grün gemusterte Flügel umflatterten sie.

»*Au!*« Einer war auf Floras Hals gelandet. Sie versuchte ihn zu verscheuchen, doch er hatte sich an ihrer Kehle festgebissen. »Das sind *Vampir*-Schmetterlinge. Mach ihn *weg!*«

Pip zupfte ihr das Tier ab. Es war ein unangenehmes Gefühl, den haarigen kleinen Körper zwischen den Fingern zu halten. Inzwischen waren es mehr geworden, sie schwärmten um Flora herum, angezogen von dem Blutstropfen, der auf ihrer Haut glänzte. Pip zuckte sich die Schnergen-Weste von der Schulter und schlug mit ihr nach den Tieren. Die Kinder zogen den Kopf ein, klatschten sich mit der Hand gegen den Hals und rannten – so gut das auf dem sumpfigen Untergrund ging. Ab und zu machte einer von ihnen einen falschen Schritt und sank sofort bis zu den Knien ein. Dann musste der andere stehen bleiben und ihn wieder herausziehen.

Schließlich blieben die Vampir-Schmetterlinge zurück. Der Nebel hatte sich gelichtet und der Boden unter ihren Füßen wurde ein bisschen fester. Sie liefen langsamer, um Atem zu holen, als plötzlich ein schriller Jammerschrei die frühmorgendliche Stille zerriss.

Pip zuckte zusammen. »Was ist das?«

»Ich glaube«, keuchte Flora, »ich *glaube,* du bist gerade auf eine Heulschnecke getreten.«

Das Schreien hielt an, es bohrte sich in ihre Ohren und ließ ihnen das Blut in den Adern gefrieren, so wie ein Wolf, der den Mond anheult. Tiger wachte winselnd aus seinem Zauberschlaf auf. Eine zweite Heulschnecke antwortete der ersten und dann noch eine. Der Lärm schwoll an, bis er unerträglich wurde. Verzweifelt rannten die Kinder wieder los. Sie liefen, bis sie aus dem Moor herauskamen und trockenen Boden unter den Füßen spürten. Wegen des traurigen Schneckenlieds, das ihnen immer noch in den Ohren wehtat, hörten sie lange nicht das Hufgetrappel, das immer näher kam, und als sie es mitkriegten, war es zu spät.

»Schnerge!«, brüllte eine Stimme.

»Gleich zwei von diesen kleinen Gaunern! Schnell – lasst sie nicht entkommen!«, rief eine zweite.

Die Kinder drehten um in Richtung Moor, doch die Hufschläge donnerten über sie herein. Starke Arme packten sie und rissen sie vom Boden. Ehe sie sich versahen, saßen sie beide atemlos keuchend im Sattel, jeder mit einem kettengepanzerten Arm fest wie ein Schraubstock über die Brust gespannt. Als die Pferde umkehrten, hob die gepanzerte Gestalt an der Spitze ihr Schwert und schwang es über dem Kopf.

»Unheil und Tod allen Schnergenschädeln!«, rief sie. »Vorwärts, tapfere Kelpse! Nach Banrive.«

27

Hoch oben in einem Baum auf der anderen Flussseite klappte eine kleine Gestalt ein Messingfernrohr zusammen und kletterte an den Ästen hinab. Unten saßen auf einem umgestürzten Baumstamm einige ältere Männer in hohen Stiefeln und gönnten ihren wunden Füßen und schmerzenden Knien ein wenig Erholung, während sie Miss Scadgings Gurken-Sandwiches verspeisten.

Pompo stürzte aus dem Baum und reichte Captain Vanderdecken das Fernrohr zurück.

»Habt ihr etwas gesehen?«, fragte die barmherzige Königin und schob einen neugierigen Straußenschnabel von ihrem Sandwich.

»Nudeln, Euer Majestät«, verkündete Pompo und richtete seine gefiederte Kappe wieder zurecht. »In Eisen gekleidet, Speere schwenkend und gefleckte Gallopper reitend mit wehenden Mähnen und Schweifen. Ich weigere mich energisch, Euch zu berichten, oh kanonische, komparatorische Königin, dass ich sah, wie sie sich die Halb-Nudeln schnappten und auf äußerst feurige und fulminante Weise davonjagten.«

»Kelp-Krieger«, sagte die Königin grimmig. »War Gorbo bei ihnen?«

Pompo schüttelte den Kopf. »Nur eine Frau. Groß und selbst für eine Nudel sehr gerade aufragend. Sie war in einen Schal gewickelt, der die Farbe von porphyrischem Purpur hatte. Sie kam aus dem Moor, gerade als die andern davonritten.«

»Die Frau, die Purpur trägt ...«, murmelte die Königin. »Dann stimmt es also: Sie ist zurückgekommen. Wir haben keine Zeit zu verlieren – wir müssen den Fluss überqueren. Ein Glück, dass wir die Chef-Erfinderin dabeihaben. Ist das Schnergenschleudergerät fertig?«

Die königliche Chef-Erfinderin war eine ältere Schnergin mit einem besonders langen Kopf – um all die vielen klugen Ideen ihres Lebens zu speichern – und einer von Denkerfalten zerfurchten Stirn. Sie betrachtete einige Skizzen, die sie in den Boden gezeichnet hatte, und machte noch schnell ein paar Neuberechnungen mit den Fingern. Vor ihr ragte die letzte Erfindung auf, die sie gebaut hatte – ein Dreieck aus Holzplanken, die einen langen Balken stützten. Von dem einen Ende des Balkens hing etwas herab, das aussah wie ein sehr großes Einkaufsnetz.

»Wird es funktionieren?«, fragte die Königin.

»Es kann nicht nicht funktionieren«, antwortete die Chef-Erfinderin. »Das hier ist Physik. Physik funktioniert immer – es sind die Leute, die manchmal nicht funktionieren. Die Auserwählten Gewichte werden auf den Baum klettern.« Sie deutete auf zwei gut gelaunte Pummelschnerge. »Sie werden *dort* ihre Position einnehmen. Auf mein Signal hin werden sie sich vom Ast stürzen und *dort* auf der Plattform landen. Daraufhin wird der Balken kippen, die Schleuderwiege wird gelöst und das Projektil fliegt über den Fluss. Wahrscheinlich.«

»Wo ist das Projektil?«, fragte die Königin.

Wie sich herausstellte, war das Projektil Wilmus, der schüchterne junge Schnerg, der auf dem Fest neben Flora gesessen hatte. Er trug einen Panzer aus Schnur und hatte dazu eine lange Seilrolle um den Bauch gewickelt. Wilmus sah ein bisschen ängstlich aus.

»Das Ende des Seils ist an dem Baum befestigt«, erklärte die Chef-Erfinderin weiter, »sodass selbst auf die Gefahr hin, dass meine Berechnungen nicht ganz korrekt sind und er im Fluss landet, wir ihn wieder einholen können.«

»Bevor ihn ein Krokopotamus erwischt oder danach?«, überlegte Pompo.

»Vorher wär mir lieber!«, rief Wilmus. »Wenn niemand etwas dagegen hat.«

»Ist vielleicht keine schlechte Idee, ihm einen Kochtopf auf den Kopf zu setzen«, schlug Captain Vanderdecken vor, der Erfahrung mit gefährlichen Situationen hatte. »Für den Fall unerwarteter Rempeleien.«

Also wurde ein Kochtopf gesucht und auf Wilmus' Kopf gestülpt. Der Topf war viel zu groß und rutschte ihm bis über die Augen.

»Umso besser«, ermutigte ihn die Königin. »Was du nicht siehst, davon weißt du nichts. Und was du nicht weißt, das kann dir auch keine Angst machen.«

Alles, was man von Wilmus noch sah – was nicht sehr viel war –, wirkte nicht sonderlich überzeugt, dennoch ließ er sich in die Schleuderwiege am Ende des Seils packen, wo er sich – auf Geheiß der Chef-Erfinderin – zu einer festen Kugel zusammenrollte. Kichernd kletterten die beiden Auserwählten Gewichte auf ihren Baum. Die Chef-Erfinderin räusperte sich und begann mit dem Countdown.

»5 ... 4 ... 3 ... 2 ... 1 ... *jetzt!*«

Die Gewichte stürzten sich gehorsam vom Ast. Der Balken kippte. Die Schleuderwiege wirbelte hoch. Ein kleiner runder Schemen sauste durch die Luft, so wie die Kanonenkugel der *Flying Dutchman*. Alle hielten den Atem an ...

»Er hat es geschafft!« Der Captain hatte das Fernrohr vor seinem Auge.

Jubel brach los. Auf der anderen Flussseite war eine Gestalt zu sehen, die von einer Tanne baumelte, in der sich Wilmus' Seil verfangen hatte. Doch als Schnerg war er vertraut mit Ästen, sogar wenn er einen Topf über die Augen gestülpt trug, und bald hatte er sich aufgerichtet. Er ertastete sich den Weg, schlang das eine Ende des Seils

um den Stamm der Tanne und zog es ordentlich fest, damit es straff über den Fluss gespannt war wie die Wäscheleine eines Riesen. Hand um Hand machte sich Wilmus dann langsam auf den Rückweg. Die Zuschauer am anderen Ufer stießen ein besorgtes Stöhnen aus und murmelten vor sich hin, als das Wasser unter ihm anfing zu kochen und zu brodeln. Unter wildem Schlagen, Spritzen und Schuppenaufblitzen bäumte sich der Krokopotamus empor – grün, gewaltig und scheußlich. Jeder Schnerg, der in sein klaffendes Maul gestürzt wäre, wäre glatt bis in den Magen des Untiers gestürzt, ohne auch nur einmal die Seitenwände zu berühren. Zum Glück blieben Wilmus' Zehen außer Reichweite der Bestie.

»Gut gemacht, Wilmus«, sagte die Königin, als er wieder auf festem Boden stand. Ich verleihe dir die Tapferkeits-Muskatnuss in Messing und ernenne dich zu meinem königlichen Knotenmann. »Holt etwas Butter zum besseren Gleiten«, befahl sie, als Wilmus unter dem Topf rot anlief. »Und zieht ihm das Ding vom Kopf.«

»Ich hoffe, das Seil ist stark genug für uns alle«, sagte Captain Vanderdecken. »Eure Schnerge haben zwar ein großes Herz und einen geräumigen Magen, Madam, aber meine Männer sind dennoch wesentlich schwerer.«

»Schnerge kennen sich mit ihren Schnüren aus, Sir«, versicherte ihm die Königin. »Dieses Seil ist mit Elfenfaden und Spinnenseide umwickelt. Es würde sogar eine Herde von Heffalumps aushalten, ohne zu reißen.

Pompo versuchte den Strauß der Königin zu einer der speziellen fliegenden Rüstungen zu überreden, die die Chef-Erfinderin entwickelt hatte, um große flugunfähige Vögel über Flüsse zu befördern.

»Ich muss immer an Gorbo denken«, sagte er, einem beißenden Schnabel ausweichend. »Er mag ja unsäglich und unerbittlich unterbelichtet sein – um nicht zu sagen, er ist ein dämlicher Schwachkopf –, doch ich kenne ihn schon seit der Zeit, als wir noch Schnerglein waren, und möchte mir einfach nicht vorstellen, dass dieser pubertäre Puddingkopf in einem unüberwindbaren Unheil steckt.«

Die Königin seufzte. »Ich fürchte das Schlimmste«, gab sie zu, »aber wer weiß? Vielleicht überrascht uns Gorbo ja alle.«

SECHSTER TEIL

in dem Gorbo
versucht und daran scheitert,
heldenhaft zu sein, und die
Expeditionsstreitmacht
den Hof der Kelpse erreicht.
Es wird viel erklärt, einschließlich
der wahren Identität der Kröte
von Witwe Meldrum und der
Frage, welche Hexe welche ist.

28

Irgendwo im Moor erwachte Gorbo aus einem sehr tiefen Schlaf. Er hatte eine äußerst unangenehme Nacht mit Umherirren und Pflanzenausreißen nach dem Zufallsprinzip verbracht, in der Hoffnung, dass es vielleicht Alraunwurzeln sein könnten. Ein Schlamm-Squiesel hatte alles versucht, sich um sein Fußgelenk zu schlingen und ihn nach unten zu ziehen. Erst als Gorbo mit einem Pfeil auf das Tier zielte, verschwand es glucksend und blubbernd wieder im Schlamm. Die Sumpfkobolde hatten seinen Geruch gewittert und kamen durchs Reet geschlüpft, leckten sich die Lippen und brabbelten untereinander. Aber Gorbo hatte sich – um die Kälte und Einsamkeit nicht zu spüren – selber Gesellschaft geleistet und vor sich hin gesummt. Immer mal wieder hatte das Summen Verse hervorgebracht.

Mit viel Wumms und viel Beat singe ich dir mein Lied.
Sind die Töne auch schief und die Worte bloß Schiet …

Kein großartiges Lied, aber es reichte. Kobolde ertragen keine Fröhlichkeit. Schmollend hielten sie Abstand.

Als er genug seltsam geformte Wurzeln zusammenhatte, um den Boden von seinem Sack zu bedecken, bekam Gorbo allmählich

Hunger. Er erinnerte sich an den Pfefferkuchen in seiner Tasche und suchte nach einer trockenen Grassode, wo er sich hinsetzen und essen konnte. Es dauerte nicht lange, bis er zusammengerollt dalag und schlief. Die Kobolde kamen zurückgekrochen, doch ihre gummiartigen kleinen Nasenlöcher erkannten den Geruch der Pfefferkuchenkrümel. Deshalb blieben sie nur kurz stehen, um ihm die Pfeile aus dem Köcher zu klauen, und trippelten dann wieder in ihre feuchten Löcher zurück. Mit Zaubergerüchen kannten sie sich aus.

Es war Glück für Gorbo, dass Pip auf die Heulschnecke trat. Der Lärm drang in seine Träume und weckte ihn gerade noch rechtzeitig. Der Boden um ihn herum war aufgequollen und zu einer klebrigen Pampe geworden, während er schlief, und zog ihn tiefer und immer tiefer. Nicht mehr lange und er hätte Gorbo gänzlich verschlungen, und das wär sein Ende gewesen. Er schnaubte Moorschlamm aus der Nase und wälzte sich aus seinem tödlichen Bett.

»Toller Ort, um einzuschlafen, du Dummkopf«, tadelte er sich. »Und auch ein toller Moment, ausgerechnet, wo du etwas Wichtiges zu tun hattest.« Er seufzte. »Tante Plumpser hatte schon recht mit dir: Gorbo der Schwachkopf ist unheilbar unverantwortlich, eine traurige Schande für alle Schnerge.«

Er schaute in seinen Sack und untersuchte den kleinen Haufen an Wurzeln, den er gesammelt hatte. Er stieß eine an und sie gab ein misslauniges Quieken von sich.

»Das muss Alraune sein«, entschied Gorbo. »Also gut, auf geht's zurück zu der alten Witwe Meldrum. Mit ein bisschen Glück wird sie vielleicht schon Frühstück gemacht haben.«

»Entführt?« Gorbo starrte Witwe Meldrum an, die Augen voller Entsetzen. »Was soll das heißen?«

»Von den Kelp-Kriegern gestohlen.« Witwe Meldrum hatte wieder ihre gebeugte Haltung, die zittrige Stimme und trug ihren Bauernkittel und die Rattenpantoffeln. »Undankbaren Kindern, die von ihren Freunden weglaufen, passieren nun mal schlimme Dinge.«

»Ich hätte sie nie zurücklassen dürfen!«, schrie Gorbo. »Ihr habt gesagt, dass Ihr auf sie aufpasst.«

»Und *du* hast gesagt, du würdest mir Alraunwurzeln holen«, fauchte Witwe Meldrum und kippte den Inhalt des Sacks auf dem Küchentisch aus. »Ich kann doch eine Trollin nicht mit gewöhnlicher Sumpfpastinake betäuben.«

»Vergesst die Trollin«, schimpfte Gorbo. »Die ist jetzt völlig egal – ich kann nicht ohne die Kinder nach Hause kommen! Welcher Freund würde das tun? Was würde Miss Watkyns denn dazu sagen?«

»Oh, Miss Watkyns …« Witwe Meldrum spuckte in die verlöschende Glut des Kamins. Leuchtend rote Funken schossen durch die Küche und erregten die Katzen, die schlummernd vor dem Rost lagen. »*Die* dürfen wir nicht vergessen.«

»Ich muss den Kindern schnell hinterher«, erklärte Gorbo. »Jetzt sofort!«

»Sie werden inzwischen auf halbem Weg Richtung Banrive sein«, erklärte ihm Witwe Meldrum. »Sinnlos, jetzt loszurennen wie ein Stier, den eine Biene gestochen hat. Du würdest es nicht mal zum Tor hinein schaffen, ehe dich irgendwer schnappt und Anspruch auf siebzehn Silberstücke erhebt. Kein Grund, so zu schauen, als ob die Welt untergeht.« Sie klopfte ihm auf die Schulter. »Noch ist nicht alles verloren. Ich kann dir helfen. Warte hier.«

Sie war ein paar Minuten lang weg und ließ Gorbo allein, der in der Küche auf und ab lief, sich die Haare raufte und über die Katzen stolperte. Als sie zurückkam, hatte sie drei in verschlissenes Tuch gewickelte Päckchen dabei.

»Ich habe die hier noch keiner lebendigen Seele gezeigt«, verkündete Witwe Meldrum. »Sie sind sehr alt und von einem mächtigen Zauber besessen – für die meisten Leute von einem zu mächtigen. Aber ich sehe, dass du ein Schnerg mit starkem Charakter und großem Mut bist, der dazu geschaffen ist, heldenhafte Dinge zu tun.«

»Ähm«, sagte der Held ein bisschen unsicher.

»Das hier«, sagte die Hexe und wickelte das erste Päckchen aus,

»ist der Mantel der Unsichtbarkeit. Zieh ihn an und er lässt dich verschwinden.«

»Ein bisschen was davon ist schon verschwunden«, bemerkte Gorbo. »Der Mantel hat ganz viele Löcher.«

»Ich habe dir doch gesagt, dass er alt ist«, fauchte Witwe Meldrum. »Nein, du kannst ihn nicht jetzt anziehen.« Sie nahm ihn aus Gorbos Reichweite. »Der Zauber wirkt nur ein Mal für den, der diesen Mantel trägt. Es gibt keinen zweiten, wenn du deine Chance verspielst – und du wirst ihn brauchen, wenn du in den Palast von König Kul willst. Zweitens …« Sie packte das nächste Päckchen aus. »… die Gerte des Schicksals.«

»Das ist ein Zweig«, sagte Gorbo.

»Sie sieht *aus* wie ein Zweig«, korrigierte ihn Witwe Meldrum. »Aber wenn du mit ihr zuschlägst, wird sie zu einer Klinge aus funkelndem, scharfem Stahl. Einer Klinge, die ihr Ziel nicht verfehlen kann.«

»Und was ist ihr Ziel?«

Gorbo schaute besorgt.

»König Kul natürlich!«

Gorbo trat einen Schritt zurück. »Ich bin nicht so der zuschlagende Typ …«

»Ich dachte, du hättest ein edles Herz«, widersprach ihm Witwe Meldrum. »Ich dachte, du willst diese Kinder retten?«

»Mehr als alles andere«, versicherte ihr Gorbo. »Aber … ich … ich hatte gehofft, ich dachte, ich könnte das so mit einem ›Hallo, schön euch zu treffen, war wohl ein kleines Missverständnis, nichts für ungut‹ klären.«

»Unmöglich«, antwortete die Witwe. »Der König ist ein brutaler Kerl. Wenn du ihn *nicht* tötest, sorgt er blitzschnell dafür, dass dein Kopf über den Boden rollt. Es ist deine einzige Chance, die Kinder zu retten.«

»Gorbo schluckte. »Mal angenommen, ich töte ihn – und danach?«

»Danach«, sagte Witwe Meldrum und wickelte das dritte Päckchen aus, »ziehst du dir die Sandalen der Schnelligkeit an und rennst los. Nicht zu schnell, nicht zu weit – denn mit denen hier an deinen Füßen landest du, ehe du dich versiehst, im tiefsten Afrika oder am eisigen Nordpol. Ihre Zauberkraft ist sehr stark. Es ist genau wie bei dem Mantel und dem Dolch: Du kannst alle nur ein Mal verwenden. Lass dich nicht in Versuchung führen, sie auszuprobieren, bevor du sie brauchst, sonst ist ihre Zauberkraft für dich verloren.«

»Aber wenn ich wegrenne«, sagte Gorbo, »was passiert dann mit den Kindern?«

»Überlass das mir«, antwortete Witwe Meldrum. »Ich werde mich um sie kümmern. Auf geht's, wir haben keine Zeit zu verlieren. Du musst Mister Hornemann vor den Karren spannen – er wird uns hinbringen, so schnell er kann.«

»Oh«, sagte Gorbo und fühlte sich etwas mutiger. »Ihr kommt mit?«

»Natürlich komme ich mit.« Witwe Meldrum lächelte. »Glaubst du, ich will das versäumen? Nicht für alles Gold, das in Banrive liegt!«

29

In Banrive war Markttag. Als die Soldaten mit ihren klackenden Stiefeln durch das Stadttor marschierten, verursachte der Anblick ihrer Gefangenen Nervosität.

»Schnerge! Sir Parzival hat zwei Schnerge gefangen!«

»Dreckige Knödel!«

Jemand warf eine Tomate. Sie erwischte Flora an der Schulter. Pip fing eine Zwiebel ab und schleuderte sie zurück.

»Böse!«, murmelte die Menge. »Wilde kleine Bestien!«

Die Kinder hatten Verletzungen und Schmerzen von dem Gerüttel und Geschüttel auf dem Pferdesattel. Jetzt wurden sie zu den Jubelrufen, Pfiffen und *Kopf ab! Werft sie den Tausendfüßern vor!*-Rufen von groben Händen heruntergehoben und über gepanzerte Schultern geworfen.

»Marsch! Marsch!«, brüllte eine Stimme. »Zum König!«

König Kul war in seinem Festsaal. Selbst beim Frühstück gab er eine majestätische Figur ab mit seinem langen Bart und dem umfänglichen Bauch. Seine Krone funkelte von den Juwelen, sein himmelblauer Umhang war goldbestickt und die Kniehosen hatten einen verwegenen rosa Krebston. Um ihn herum saßen seine königlichen Kinder.

Nachdem seine erste Braut in den Lilienteich des Palasts gehüpft war, hatte er viele Jahre als einsamer Junggeselle gelebt. Doch so wie Frösche Kaulquappen brauchen, brauchen Könige Prinzen und Prinzessinnen. Die Zeit verging und der König hatte eine neue Frau geheiratet. Unglücklicherweise war sie auf übelste Weise Baldrys gebutterte Treppe hinuntergestürzt, und zwar von oben bis unten. Die Ärzte seiner Majestät hatten sie bandagiert und angewiesen, im Bett zu bleiben. Doch ohne ihre Mutter, die sonst ein wachsames Auge auf ihren Nachwuchs hatte, entglitten die Kinder und schmierten sich viel zu viel Marmelade auf ihre Muffins.

Die Krone, der Thron, die Kelche, die Haferbreischüsseln – alles am königlichen Tisch leuchtete golden. Die Höflinge saßen zu beiden Seiten auf langen Bänken, während die Diener – Teller und Becher balancierend – zwischen ihnen hindurcheilten. Hochbeinige Kelp-Hunde mit wedelnden Schwänzen schnupperten an Speiseresten. Der König hatte einen Pagen an seiner Seite, der mit einem goldenen Kamm bereitstand, seinem Herrn die Muffin-Krümel aus dem Bart zu kämmen. Auf der anderen Seite stand ein Barde und schlug die Laute. König Kul liebte es, den Tag mit der Nationalhymne der Kelpse zu beginnen.

Ein Kelp zu sein ist wunderbar,
niemand krümmt uns je ein Haar.
Banrive strahlt in goldnem Schein,
kühne Ritter, Jungfern rein.
Wir bekriegen ungehemmt
Schnerge und wer sonst ist fremd …

Die Wächter zogen die gekreuzten Lanzen zurück, um Sir Parzival und seine Gefangenen durchzulassen.

»Schnerge, Euer Majestät.« Der Ritter verbeugte sich. »Wir haben sie gefunden, wie sie am Rand des Qualvollen Moors herumschlichen.«

Auf ein Zeichen hin wurden Flora und Pip auf den harten Steinboden geworfen. Ein Geraune entstand und ein Rascheln von Samt und Seide auf den Bänken der Höflinge.

»Schnerge!«

»Echte lebende! Und auch ein Schnergenhund!«

»Beißen die?«

»Ich habe gehört, sie sind giftig …«

»Fesselt sie!«

»Werft sie in die Kerker!«

»Kopf ab für alle!«

»Wir sind keine Schnerge«, sagte Pip.

»Die können ja sprechen!«, rief eine Dame mit einem äußerst komplizierten Kopfschmuck. »Ich dachte, Schnerge können bloß in Grunzlauten reden.«

»Ich hab gehört, sie leben auf Bäumen!«, sagte eine andere. »Wie Tiere.«

»Und schaut euch die Sachen an, die sie tragen!«, sagte eine dritte, strich sich die eigenen Satinröcke glatt und schauderte vor Floras Kniehosen.

»Die sehen gar nicht so aus wie das Standbild«, stellte die jüngste Prinzessin fest, während sie versuchte, dem jüngsten Prinzen eine Rosine in die Nase zu stopfen.

Aller Augen wandten sich der Ecke des Saals zu, wo ein Kelp aus Bronze rittlings auf seinem bronzenen Pferd saß und sein Schwert gerade in den Leib eines Feindes rammen wollte. Der Feind war klein und stämmig, zeigte lange Reißzähne und einen lüsternen Blick, mit dem er es auf die Beine des Pferdes abgesehen hatte.

»Wenn das einen Schnerg darstellen soll«, sagte Flora kritisch, »dann stimmt an der Figur überhaupt nichts.«

Sir Parzival räusperte sich. »Wenn das Standbild nicht wie ein Schnerg aussieht und die Gefangenen dem Standbild nicht sonderlich gleichen – beweist das dann nicht umso mehr ihre wahre Schnergenhaftigkeit?«

Ein zustimmendes Raunen erhob sich. König Kul schaute auf Pip und Flora hinab.

»Sprecht, ihr Klöße! Was treibt ihr in meinem Land? Wurdet ihr als Spione geschickt oder seid ihr Diebe, die vorhaben, den königlichen Schatz zu stehlen?«

»Weder noch«, antwortete Pip. »Wir sind aus Versehen hier gelandet. Wir wollen gar nicht hier sein. Wir wollen zurück nach Sunny Bay.«

»Nach Hause«, ergänzte Flora. »Wir wollen nach Hause.«

»Lügen, Euer Majestät«, sagte Sir Parzival. »Ich schlage vor, wir hängen sie über einer Grube mit Säbelzahn-Tausendfüßern auf. Dann senken wir sie langsam hinab. Wenn sie erst bis zu den Fußgelenken in der Grube sind, werden sie ihr verruchtes Ansinnen schon preisgeben.«

Alle schienen das für einen vernünftigen Vorschlag zu halten. Sir Parzival brüllte einen Befehl. Schwere Hände packten die Kinder am Kragen.

»Nein! Lass mich *los!*« Flora wand sich mit einem knurrenden Tiger in den Armen und trat um sich.

»Wartet …« Schon halb in der gepanzerten Faust hängend, sah Pip König Kul fest in die Augen. »Er hat gesagt, ihr wärt leicht zu täuschen.«

Die silbernen Brauen des Königs zogen sich in Falten zusammen. »Leicht zu täuschen? Ich? Wer hat das gewagt zu behaupten?«

»Baldry, euer Hofnarr«, erwiderte Pip. »Er wollte die Belohnung beanspruchen dafür, dass er uns gefangen hat. Er hat gesagt, Ihr hättet mehr Bart als Verstand und dass es ein Leichtes sei, Euch glauben zu machen, dass wir Schnerge sind.«

Ein Schweigen machte sich breit. Die Höflinge hielten den Atem an. Genau wie Pip und Flora.

»Niemand«, sagte der König schließlich, »*niemand* macht König Kul von Banrive irgendwas glauben. So leicht lasse ich mich nicht beschwindeln, wie es dieser Schelm von Hofnarr anscheinend denkt.

Keine *Sekunde* habe ich geglaubt, dass ihr Schnerge seid. Sir Parzival, der arme Tor, hat sich täuschen lassen, aber ich doch nicht. Schnerge, also wirklich! Hahaha! Was soll das? Jeder, der auch nur einen Funken Verstand hat, sieht doch sofort, dass ihr dafür viel zu *schmal* seid.«

»Hahaha! Schnerge! Lächerliche Idee!«, kicherten die Höflinge eilig und beflissen, dem König zu zeigen, dass sie mehr Verstand hatten als Sir Parzival.

»Aber sie tragen Schnergenkleidung«, rechtfertigte sich Sir Parzival. »Und wenn sie wirklich keine Schnerge sind ... was sind sie dann?«

»Fremde!« Die Höflinge verschluckten ihr Kichern. »Keine Kelpse.« – Keine von uns!« – »Anders!« – »Was sind sie?«

»Waisenkinder«, sagte Flora und stieß einen langen und traurigen Seufzer hervor. Überflüssige und aus Zufall elternlose Kinder. Verloren und allein. Und sehr, sehr hungrig ...«, ergänzte sie mit einem Blick auf das königliche Frühstück.

»Kinder!« – »Sie sind nur Kinder!« Das Geraune der Höflinge wogte herüber. »Arme kleine verlorene Wesen ...«

Wieder entstand eine lange Pause und alle schauten zu König Kul, der nachdenklich an seinem Bart zwirbelte. *Bitte,* dachte Pip. *Bitte nicht die Tausendfüßer.*

»Holt Stühle!«, befahl der König. »Keine Rede mehr über Tausendfüßer. Lasst diese jungen Leute waschen und ... ein bisschen weniger schnergenhaft anziehen, danach sollen sie uns beim Frühstück Gesellschaft leisten. Und Ihr, Sir Parzival, bringt Eure Männer weg und findet eine bessere Aufgabe für sie, als unschuldige Kinder zu verhaften!«

Pip und Flora wurden weggeführt, geschrubbt und gebürstet und danach in Kleider gezwängt, die den Kelp-Prinzen und -Prinzessinnen gehörten. Pip trug einen Samtumhang über der einen Schulter und dazu einen passenden Hut mit einer Feder, die ihn am Ohr kitzelte.

Flora trat gegen die Überröcke von ihrem Seidenkleid, das mit Bienen bestickt war. Ihr Hut war hoch und spitz, mit einem flatternden Schleier vor dem Gesicht, und rutschte ihr ständig zur Seite. Die Schuhe waren zu eng und sie vermisste ihre Schnergenhose.

Pip betrachtete sie von oben bis unten und grinste. »Du siehst aus wie eine Puppe. Und das da ist wirklich ein selten dämlicher Hut.«

Flora schaute finster. »Halt den Mund«, gab sie zurück. »Schau dich erst mal an – du siehst total lächerlich aus.«

Zurück im Festsaal stellten sie fest, dass man für sie am königlichen Tisch gedeckt hatte. So wichtig war es König Kul, zu beweisen, er habe sie nie für Schnerge gehalten, dass er sich sogar von seinem Thron erhob, um ihnen eigenhändig die goldenen Teller zu füllen. Gerade wählte er für Flora einen besonderen Pflaumen-Muffin aus und beugte sich sogar noch extra über die Butter, um den Muffin damit zu bestreichen, als plötzlich etwas Unvorhersehbares geschah …«

30

Eine kleine runde Gestalt in einem mottenzerfressenen Umhang tauchte unter den gekreuzten Lanzen der Wärter hindurch und eilte zum königlichen Tisch. Zwei Stufen auf einmal nehmend, hob sie einen langen peitschenartigen Zweig – und schlug mit ihm fest auf den Hintern von König Kul. Kiefer erstarrten. Hunde kläfften. Stühle scharrten. Goldenes Besteck schepperte. Der König stieß einen lauten Schrei aus.

»Gorbo!«, riefen die Kinder.

»Steht nicht bloß da!«, brüllte der König die Wächter an. »Tut was! Ich werde ermordet!«

Der Mörder verhielt sich merkwürdig: Er schien seine Schuhe zu wechseln.

»Gorbo, renn!«, flehte ihn Pip an. »Verschwinde!«

»Kein Grund, euch Sorgen um mich zu machen«, sagte Gorbo und zerrte an einer Sandale. »Sobald ich die Sandalen der Schnelligkeit anhabe, bin ich fort wie der Blitz. Obwohl es ehrlich gesagt«, fügte er hinzu und sah erst zweifelnd die Gerte des Schicksals an und dann König Kul, der kein bisschen tot schien, »nicht ganz so läuft, wie sie gesagt hat. Ich bin mir wirklich nicht sicher, ob der Mantel der Unsichtbarkeit funktioniert, und – oje«, sagte Gorbo traurig, als die Wächter ihn an den Armen packten.

»Sperrt ihn ein!«, schrie der König wütend und hielt sich den verletzten Hintern. »Verfüttert ihn an die Tausendfüßer! Ruft den Obersten Scharfrichter!«

»Den Scharfrichter! – Den Scharfrichter!« Die Höflinge waren in Aufruhr. »Kopf ab!«

»Es ist kein Scharfrichter da, Euer Majestät«, gestand einer der Wächter. »Es wurde so lange niemand mehr geköpft, dass er in Rente gegangen ist. Er hat sein Beil an den Nagel gehängt und züchtet jetzt Rosen – im Garten von seinem kleinen Häuschen unten am Fluss.«

»In dem Fall hoffe ich, dass die Tausendfüßer Hunger haben«, sagte der König gereizt. »Werft den Schurken in Ketten – und passt auf, dass er euch nicht die Finger abbeißt. Ihr seht ja, wie boshaft er ist.«

»Bitte tut ihm nichts an!«, bettelte Pip. »Er ist nicht boshaft – er ist Gorbo.«

»Es war die Hexe«, ergänzte Flora. »Sie hat ihm gesagt, was er tun soll.«

»Unsinn!« Die Silberbrauen des Königs sträubten sich. »Es gibt keine Hexen in Banrive! Also, was ist? Kann man als König nicht mal in Ruhe mehr frühstücken?«

Ein Soldat in Rüstung war klirrend und außer Atem im Eingang stehen geblieben. »Eine Nachricht für Euer Majestät. Dringend. Fremde stehen vor dem Tor. Kleine Leute auf riesigen Vögeln.«

»Schnerge …« Von Neuem ging in dem Festsaal ein Raunen um.

»Sie haben andere dabei«, verkündete der Soldat. »Ehrwürdige Großväter in schweren Stiefeln. Sir Parzival hat sie herausgefordert, aber sie weigern sich zu kämpfen. Sie wollen mit Euer Majestät sprechen.«

»Nun, aber ich nicht mit *ihnen*«, antwortete der König verärgert. »Lasst sie nicht rein.«

»Ja, Euer Majestät«, bestätigte der Soldat. »Nur – ich fürchte, sie lassen sich selbst rein. Die Vögel«, ergänzte er, »sind *sehr* groß. Einer von ihnen ist Sir Parzival auf den Fuß getrampelt.«

»Dann lasst sie vortreten und das hier erklären, sofern sie es können.« Der König wedelte nervös mit der Hand in Richtung Gorbo. »Und wenn sie es nicht können, sperren wir alle in unsere Kerker und braten ihre Vögel als Abendessen.«

Pompo kam als Erster und blies eine Fanfare auf seinem Horn.

»Wieso haben sie *den* denn mitgebracht?«, grummelte Gorbo, so weit in Ketten gelegt, dass nur noch sein Kopf und die Füße oben und unten herausragten.

»Ihre magnifizente Majestät, die Königin der Barmherzigkeit – profilanteste, peripetanteste und perlanteste aller Potentaten, die honorable und honorierte Herrscherin der Schnerge und ihrer Heimat«, verkündete Pompo. »Und dazu Captain Vanderdecken und seine höchst konkludente, konsolidente und konsistente Crew der *Flying Dutchman.*«

Eine Woge lief durch die Kelpse, als der Strauß der Königin dazwischentrat. Die Königin setzte sich, flankiert von ihren Reitern, auf dem Rücken des Tiers äußerst gerade, was sie durch den hohen Vogelschmuck auf ihrem Kopf noch weiter aufragen ließ. Neben ihr führte Captain Vanderdecken seine Crew unter dem Zucken der Schnurrbärte und dem Stampfen ihrer Stiefel nach vorn.

Der König der Kelpse und die Königin der Schnerge verneigten sich steif voreinander. Der Captain und seine Männer zogen ihre Mützen und ließen die Stiefelabsätze knallen.

»Meinen ehrerbietigsten Gruß«, sagte der König sehr förmlich.

»Wir kommen in friedlicher Absicht.« Die leuchtenden Augen der Königin blickten durch den Saal und entdeckten Pip und Flora. »Wir suchen diese Kinder, um sie dorthin zurückzubringen, wo sie hingehören. Und noch jemanden suchen wir – einen von den meinen, der vorübergehend abhandengekommen ist.«

»Ich nehme an, ihr meint *ihn*«, sagte König Kul bitter und zeigte auf Gorbo.

»Du scheinst in Ketten gelegt, Gorbo«, bemerkte die barmherzige Königin mit einem Seufzer. »Was hast du diesmal wieder angestellt?«

»Vorsätzliche Tätlichkeit gegen meine königliche Person«, beklagte sich der Herrscher der Kelpse. »Ich habe diese Kinder mit Freundlichkeit und Muffins erfreut, als ich plötzlich einen grundlosen Angriff auf mein Sitzfleisch erlitt. Das wird blaue Flecken geben und Extrakissen auf dem Thron erfordern.«

»Gorbo hat versucht, uns zu retten«, versuchte Flora ihn zu verteidigen. »Es gab ein leichtes Durcheinander … aber er war sehr tapfer.«

»*Sofern* deine Vorstellung von Tapferkeit ein Angriff von hinten auf eine Person ist, die gerade einen Muffin buttern will«, erwiderte König Kul schniefend.

»An dem Ganzen war nur die Hexe schuld«, sagte Pip. »Witwe Meldrum.«

»Ich habe dir schon gesagt – es gibt keine Hexen hier«, schnaubte der König. »Jede Form von Zauberei ist in Banrive verboten. Meldrum. Noch nie von ihr gehört. Ich kenne die Frau nicht.«

»Doch, Ihr kennt sie«, versicherte ihm Pip. »Sie war es, die …« Er brach ab; etwas sagte ihm, dass König Kul empfindlich reagieren könnte bei dem, was mit seiner Braut passiert war.

»Sag's schon«, verlangte der König von ihm. »Sie war es, die … was?«

Pip holte tief Luft. »Sie war es, die Eure Frau in … in … in einen Frosch verwandelt hat.«

Ein kurzes schockiertes Schweigen machte sich breit. Die Höflinge hüstelten und scharrten mit den Füßen. Aller Augen fuhren herum zu König Kul. Er zog die Augenbrauen so stark zusammen, dass die Furchen fast die Nase hinabliefen. Dann stieß er die Luft aus seinem Bauch, stellte sich auf die Zehen und zupfte an seinem schön gewellten Bart.

»Meine erste Frau erlitt einen Unfall amphibischer Natur«, gab er mit ernstem Gesicht zu. »Aber die kranke Seele, die sie verflucht hat – sie hieß nicht Meldrum. Ihr Name war Watkyns.«

31

Viel Überraschendes war Pip und Flora passiert, seit sie Sunny Bay verlassen hatten. Das Überraschendste von allem war womöglich aber die Vorstellung, dass Miss Watkyns jemanden in einen Frosch verwandelte.

»Nein.« Pip schüttelte den Kopf. »Miss Watkyns *glaubt* nicht mal an Hexen. Und selbst mal angenommen, sie könnte es, würde sie niemals so etwas Schreckliches tun, wie irgendwen in einen Frosch verwandeln.«

»Das«, ergänzte Flora, »wäre *eindeutig* gegen die Regeln.«

»Miss Watkyns ist eine Frau von einwandfreien Manieren und größter Seriosität.« Captain Vanderdeckens Bart stand jetzt in einem streitbaren Winkel vor. »Wer respektlos über sie spricht, bekommt es mit mir und meinen Männern zu tun!« Er starrte König Kul mit festem Blick in die Augen und zückte seine Muskete. Treu ihrem Anführer ergeben, fummelten auch die andern nach ihrer Waffe. Lanzen schlugen aneinander, als die Wächter in Kampfhaltung gingen.

»Wartet!«, befahl die barmherzige Königin und beruhigte ihren nervös tänzelnden und stampfenden Strauß. »Senkt eure Waffen; ihr verärgert meine Vögel. Genau wie die Vorspeise vor dem Pudding kommen muss, sollten auch Erklärungen vor einem Kampf stattfinden. So wird das unter Schnergen gehandhabt. Die Erklärung ist in diesem Fall ausgesprochen einfach. Gorbo wird sie euch geben.«

»Wer? Was? Ich?« Der in Ketten gelegte Gorbo schaute entsetzt.

»Erzähl ihnen«, ermutigte ihn die barmherzige Königin, »was du an jenem Tag am Strand gefunden hast.«

»Ach *das* ... das ist lange her«, sagte Gorbo. »Nicht in Schnergen-Jahren, aber ich habe festgestellt, dass die Jahre der Nudeln nur so dahinjagen. Ich trat aus dem Wald – es war einer von diesen Tagen, wo man einfach seiner Nase folgt und schaut, was kommt. Meine Nase hatte mich an den Strand von Sunny Bay geführt, um Muscheln zu sammeln. Ich hatte bereits eine Tasche voll mit Muschelgeld und blies gerade den Sand von einer, die besonders schön war, als ich plötzlich eine Blechdose sah, die draußen auf den Wellen schaukelte. Man soll Blechdosen nie ignorieren – vielleicht sind ja Kekse drin. Und diese machte auch noch Geräusche, deshalb bin ich ins Wasser gewatet, um die Dose an Land zu holen. Doch von wegen Kekse. Es waren Babys. Zwei kleine rosa Garnelen, eingewickelt in eine Tischdecke.«

»Das glaube ich nicht«, sagte König Kul. »So was habe ich ja noch nie gehört. Wer setzt denn Babys in einer Dose auf dem Meer aus?«

»Ich wusste sofort, dass es Nudeln waren«, fuhr Gorbo fort. »Lustige, spirrelige kleine Dinger. Das eine war ganz still und schaute mich mit sehr ernsten Augen an, während das andere so wütend brüllte wie ein stürmisches Meer. Keine Namen, nichts, was ihnen gehörte, außer einer Perlenkette, die jedes der beiden Kleinen trug. Ich wollte die beiden behalten, sie zu den Schnergen bringen, doch das hätte einen Tagesmarsch durch die Wälder bedeutet. Kleine Wesen brauchen Milch, aber ich konnte ihnen nichts außer Schnüren und Muscheln bieten. Deshalb ... brachte ich sie an einen sicheren Ort. Es gab ein Haus in Sunny Bay hinter einer hohen Mauer: Ich wusste, sie versorgten dort Kinder, solche, die nirgendwo sonst hinkonnten. Dort würde man sich bestimmt auch um die beiden kümmern, die ich gefunden hatte, dachte ich, also trug ich die Dose die Klippe hinauf und legte sie vor das Tor.« Gorbo sank traurig in seinen Ketten zusammen. »Ich kaltherziger, knitterhirniger Schurke von einem Schnerg«, schalt er sich. »Ich *wusste* ja nicht …«

»Das Waisenhaus in Sunny Bay war damals ein anderer Ort«, griff die barmherzige Königin die Geschichte auf. »Dunkel und trostlos – geführt von der schlimmsten Nudel, die man sich vorstellen kann – der Sorte, die sich an Grausamkeiten und Schmerzen erfreut. Ihr Name war Adolphus Bunphatt. Gerüchte über das Elend und Leid im Innern der Mauern hatten das Land der Schnerge erreicht. Als Gorbo mir sagte, was er getan hatte, machte ich mir Sorgen wegen der kleinen Nudelinge. Schnergenhände hatten sie aus dem Wasser geborgen: Wie konnten wir sie da verstoßen? Im Laufe der Jahre schickte ich immer wieder Schnerge in das Waisenhaus, um irgendwelche Arbeiten zu übernehmen, damit sie mir Neuigkeiten erzählen konnten. Es war jedes Mal das Gleiche – zwei Mädchen, die sich äußerlich glichen wie ein Ei dem andern, aber in ihrem Innern völlig verschieden waren. Das eine Kind – Felicia – war ruhig, gutherzig und bemüht, sich von allem Ärger fernzuhalten. Das andere – Malicia – brach alle Regeln, die sie nur brechen konnte. Je mehr sie bestraft wurde, desto wütender und schwieriger wurde sie.

Eines Abends, fünfzehn Nudeljahre nachdem Gorbo die beiden gefunden hatte, brach in dem Waisenhaus ein Feuer aus. Es war Felicia, die Alarm schlug und die Kinder in Sicherheit brachte. Nach dem Brand war Malicia nicht mehr zu finden. Sie war verschwunden – genauso wie Adolphus Bunphatt. Man nahm an, dass sie in den Flammen den Tod gefunden hatten.«

Pip zog die Augenbrauen zusammen und dachte an die Hexenküche zurück: an die Katzen, das Pfefferkuchenhaus und an die Kröte in ihrem Käfig. Er erinnerte sich an den rot-gelben Frosch, der unter den Tisch hüpfte, so wie die Braut von König Kul damals in den Lilienteich gehüpft war. Auf wie viele andere Leute hatte die Hexe wohl ihren lila Schirm gerichtet? *Und wo hatte sie diese Kröte her?*

»Ich glaube nicht, dass Mister Bunphatt tot ist – nicht wirklich.«

Pip zitterte. »Ich glaube – ich bin mir sogar ziemlich sicher, sie hat ihn in eine Kröte verwandelt.«

Flora, die neben ihm stand, sog die Luft ein. »Mister B …!«

»Ich sage nicht, dass es richtig ist, Leute in Kröten zu verwandeln«, räumte die barmherzige Königin ein, »aber manche Menschen verdienen nicht, was sie sind. Wenn ihr Adolphus Bunphatt in seiner Nudelform gekannt hättet, würdet ihr vielleicht auch denken, dass er bekommen hat, was er verdient. Es war natürlich Malicia, die das Waisenhaus in Brand gesetzt hat. Sie wollte, dass ihre Schwester mit ihr fortlief, aber Felicia war nicht bereit, die anderen Kinder in ihren Betten verbrennen zu lassen. Sie ist immer noch in dem Waisenhaus. Ihr Kinder kennt sie als Miss Watkyns. Und was die *andere* Miss Watkyns angeht, so haben wir schließlich erfahren, dass auch sie noch sehr lebendig war – sie hatte den Fluss überquert und befand sich im Kelpsenland.«

»Ich will über diese Frau nicht reden.« König Kul hatte schlechte Laune bekommen. »Jahrelang habe ich versucht zu vergessen, was sie getan hat. Wie würde *Euch* das gefallen, an *Eurem* Hochzeitstag? Zuzuschauen, wie eure Braut auf ihren schwimmhäutigen Füßen davonhüpft und plitschplatsch in den Teich springt? Und diese Hexe – die hat nur lachend dagestanden. Ich hätte sie den Tausendfüßern zum Fraß vorwerfen oder sie in den tiefsten Kerker werfen und den Schlüssel ein für alle Mal einschmelzen sollen. Ich will sie nicht wiedersehen. Nie mehr!« Er schlug mit der Faust auf den Tisch, dass die goldenen Tassen und Teller klapperten, und schreckte die Höflinge auf. »Wenn das, was Ihr sagt, wahr ist, dann muss Sir Parzival sofort und mit äußerstem Tempo losreiten und sie verhaften. Ein zweites Mal wird sie sich nicht meinem Zorn entziehen!«

»Sie ist aber nicht allein«, warnte ihn Pip. »Da ist auch noch Golitho. *Fauliger Atem und gewaltige Eckzähne.* Das ist ihr Sohn.«

»Golitho?« König Kul runzelte die Stirn. »War das nicht der Kerl, der vor ein paar Jahren allen den letzten Nerv geraubt hat? Alles Mögliche verschwand damals. Kühe. Schafe. Kinder.«

»Er hat auch den Schnergen Probleme gemacht«, sagte die barmherzige Königin. »Doch er wurde gierig, er ging einfach zu weit – den ganzen Weg bis nach Sunny Bay. Miss Watkyns hat ihn erwischt, wie er über die Waisenhausmauer spähte. Das konnte sie natürlich nicht zulassen, deshalb … überredete sie ihn zu einem Ernährungswechsel.«

»Aber …« Pip zog die Augenbrauen zusammen und versuchte sich zu erinnern, was er in Witwe Meldrums Küche belauscht hatte. »Golitho hat sich darüber beklagt, dass er keine Kinder mehr fressen darf, weil ihn angeblich eine böse Zauberin mit einem Zahnschmerz-Fluch belegt hätte …« Seine Stimme verlor sich, als er merkte, wie sich plötzlich alle Teile in seinem Kopf ineinanderfügten. »Es gab also noch eine Hexe«, sagte er langsam, nicht sicher, ob er seinen eigenen Worten glauben sollte. »Aber sie war nicht böse. Sie war –«

Flora sprach es für ihn aus: »Sie war Miss Watkyns.«

Die barmherzige Königin nickte. »Beide Mädchen entwickelten besondere Fähigkeiten, als sie heranwuchsen. Malicia gefiel es, ihre dazu zu nutzen, Unheil zu stiften, Felicia schloss ihre weg und nutzte sie nur in absoluten Notfällen. Sie tat, was sie für das Beste hielt – sie wusste natürlich nicht«, fügte die Königin hinzu, »dass dieses spezielle Menschenfressermonster ihr Neffe war.«

Sie hätte ihn doch in alles Mögliche verwandeln können. Aber das Beste, was ihr einfiel, war ein Vegetarier?« Flora war enttäuscht.

»Erst danach«, fuhr die Königin fort, »schloss Miss Watkyns das Tor.«

»Welches Tor?«, fragte Pip.

»Ihr seid selbst durchgelaufen, auch wenn ihr nur eine gespaltene Eibe gesehen habt«, erklärte ihm die Königin. »Wie, glaubst du wohl, wärt ihr sonst in das Land der Schnerge gekommen? Das Tor bleibt auf Geheiß von Miss Watkyns immer geschlossen, um zwei Welten voneinander getrennt zu halten. Wir Schnerge besitzen den Schlüssel.«

»Und wie schließt man ein Tor, das man gar nicht sieht?«, fragte Flora.

»Mit Worten«, antwortete die Königin. »Worte sind der Schlüssel für so viele Dinge. Wir selbst treten auch nur sehr selten durch dieses Tor und wir haben versprochen, es jedes Mal wieder hinter uns zu verriegeln. Doch einer von uns ...« Sie sah Gorbo an, der den Kopf hängen ließ. »Bei den Klügsten und Besten aller Schnerge, ich glaube es einfach *nicht* ... dass einer je diese Worte vergessen würde.«

»Ich hab die Worte nicht vergessen«, sagte Gorbo schuldbewusst. »Ich weiß sie:

Ich bitte das Tor, für mich aufzugehen,
ich will auf der anderen Seite stehen.

»Nein, wartet ...« Er legte seine Stirn in Falten und konzentrierte sich. »Das stimmt nicht. Das ist der Spruch, den man sagt, damit sich das Tor öffnet. Um es zu schließen, muss man sagen:

Mit diesem Vers schließ ich den Raum.
Lass niemand mehr durch diesen Baum.

Und dann dreht man sich dreimal im Kreis, fasst mit der rechten Hand an sein linkes Ohr und mit der linken Hand an den rechten Fuß. Außer«, gab Gorbo zu, »dass ich vielleicht mit der linken Hand an mein rechtes Ohr und mit der rechten Hand an den linken Fuß gefasst habe. Weil ich vielleicht gerade an etwas anderes gedacht hab ...«

»Oder gar nicht gedacht hast.« Die Königin klang jetzt streng. »Ein Hirn wie ein Einkaufsnetz. Du hast wirklich jede Menge Ärger verursacht, Gorbo.«

»Und was noch schlimmer ist, der Kerl ist ein Attentäter«, sagte König Kul. »Er ist mein Gefangener und erwartet das Urteil für seine Verbrechen.«

»Er wollte das nicht. Bitte tut ihm nichts«, bettelte Pip.

»Nicht die Tausendfüßer«, flehte Flora.

»Jeder Angriff auf eine königliche Person, von vorne oder von hinten, ist Verrat und durch extreme Unannehmlichkeiten zu ahnden«, erklärte der König. »So lautet das Gesetz und es gibt keine Diskussion darüber, außer –«

»Außer was?«, fragten Pip, Flora und die barmherzige Königin gleichzeitig.

»Außer er zahlt für sein Verbrechen mit seinem Körpergewicht in Gold«, erklärte der König. »Und das«, fügte er mit einem Blick auf Gorbo hinzu, »wäre eine Menge Gold.«

»Schnerge handeln nicht mit Gold«, sagte die Königin ernst. »Wir finden unsere Schätze in Sternenlicht, Regenbögen und Tautropfen auf Spinnweben.«

»Schade«, sagte der König. »Bereitet die Tausendfüßer-Grube vor!«

»Habt Ihr denn nicht schon genug Gold?«, überlegte Pip und schaute sich um.

»Genug Gold?« Der König schien schockiert. »So was habe ich ja noch nie gehört. Nichts betört die Seele so sehr wie der Glanz von Gold.«

»Mein Vater hat das Gleiche über glasierten Tortenteig gesagt.« Gorbos Seufzer brachte seine Ketten zum Klirren. »Er war Bäcker, versteht ihr. Nichts geht über eine gute Torte …«

»Torte …« Plötzlich gab es eine spontane Beratung unter den Schnergen. Die barmherzige Königin winkte Pompo heran und flüsterte ihm etwas ins Ohr. Pompo machte die Schultern breit und blies in sein Horn.

»Als Gegenleistung für das erbarmungswürdige Leben dieses pestilenzialisch primitivistischen, geistig perforierten Gefangenen …«

»Hey, jetzt mal langsam«, protestierte Gorbo.

»… schlägt die heliotrope, hortomogane Herrlichkeit, die barmherzige Königin der Schnerge einen Freikauf mit seinem Körpergewicht in *Torten* vor«, schloss Pompo den Satz.

Ein Schweigen entstand. Dann fragte der König: »Was für Torten?«

»Was immer Ihr mögt«, bot die Königin an. »Ich habe einen höchst kompetenten und erfindungsreichen königlichen Chefkonditor. Er wird ganz nach Euren Vorgaben backen.«

»Torten sind so viel nützlicher als das ewige langweilige Gold«, sagte Flora ermutigend. »Bedenkt nur, dass Ihr die Torten nicht mal entstauben müsst.«

Ein großes Gemurmel und heftiges Kopfnicken entstand unter den Höflingen, während der König weiter mit krauser Stirn dasaß und an den Silberlocken seines Barts zupfte.

»O ja, sehr gut«, sagte er schließlich. »Vorschlag angenommen. Befreit den Schnerg.«

Während Gorbo aus den Ketten befreit wurde, entließ der König seine Höflinge und seine Kinder und setzte sich zu einem zweiten Frühstück mit der Expeditionsstreitmacht zusammen.

»Wir haben wichtige Dinge zu besprechen«, verkündete er. »Diese Hexe und ihr Menschenfressermonster von Sohn müssen getötet werden. Kelpse, Schnerge und Nudeln, es ist an der Zeit, unsere Differenzen auszuräumen.«

Sein Blick fiel auf Pip und Flora. »Das hier sind schwierige Geschäfte für junge Leute«, sagte er freundlich. »Der Schatzkanzler der Geldbeutel wird jedem von euch einen Silberpfennig geben. Lauft herum und kauft euch etwas Kleines, was ihr mit nach Hause nehmen könnt.«

Der Markt von Banrive war in vollem Gange, überall rannten Kelpse herum, schoben, drängten und schrien. Es roch nach Zwiebeln und Pferdemist. Niemand beachtete die beiden Kinder und ihren Hund.

Ich hoffe, die kriegen sie – Malicia, Witwe Meldrum oder wie immer sie heißt –, bevor wir nach Sunny Bay zurückmüssen«, sagte Flora. »Sonst werden wir das Ende der Geschichte niemals erfahren.«

»Diese ganze Sache mit dem Tor«, sagte Pip. »Kannst du dir vorstellen, dass Miss Watkyns so etwas tut? Ich meine, sich im Kreis drehen, ihr rechtes Ohr mit der linken Hand anfassen und den linken Fuß mit der rechten Hand.«

»Du bist schon so schlimm wie Gorbo«, antwortete Flora. »Es war genau andersrum. Man berührt das linke Ohr mit der rechten Hand und den rechten Fuß mi …« Sie hörte auf und fing an zu lachen. Pip fasste sich an Ohren und Füßen und verknotete sich immer mehr. »Nicht so! Schau her –« Flora streckte die Arme aus wie ein Vogel.

Sie wirbelten beide im Kreis herum und wurden immer schwindliger. Tiger kläffte und sprang ihnen um die Beine. Schließlich drehte sich alles bei Pip, er stürzte zu Boden und lag mit geschlossenen Augen, Beine und Arme von sich gestreckt, auf dem Rücken.

»Ist *dir* nicht schlecht? Dir müsste doch noch viel übler als mir sein«, ergänzte er, als Flora nicht antwortete. »Du hast ja viel mehr Muffins gegessen.«

Flora antwortete immer noch nicht. Tigers Bellen hatte auf einmal etwas Schrilles und Ängstliches.

»Flora?« Pip schlug die Augen auf. »Hey – *Flora?*«

Flora war nicht mehr da.

32

»Was soll das heißen – *weg?*«

Kelpse, Schnerge, Captain Vanderdecken und seine Crew, alle starrten Pip an.

»Ich hab überall gesucht. Sie ist verschwunden.« Pip atmete schwer nach seiner Jagd zurück in den Palast.

»Die Hexe hat sie geholt!« Gorbo sprang von seinem hölzernen Stuhl auf. »Oh, Gorbo – du nichtsnutzige, nichts auf die Reihe bringende Schwabbelspeck-Null. Er schlug sich wechselweise auf das linke und rechte Ohr. »Ich hätte euch niemals allein rausgehen lassen dürfen! Ich wusste doch, dass sie nicht weit weg ist! Sie hat mich in ihrem Ziegenkarren hergefahren.«

Die Königin seufzte. »Oh, Gorbo, hast du denn überhaupt nicht für nötig gehalten, uns das zu *sagen?*«

»Holt den Torwächter!«, befahl König Kul. »Vielleicht hat er was gesehen.«

Doch als der Torwächter kam, war er keine große Hilfe.

»Jede Menge Verkehr, der wegen des Marktes in die Stadt reinwollte«, sagte er. »Raus war nicht viel los. Keine weiblichen Fahrer. Ein alter Mann …«

»Wie sah er aus?«, wollte die barmherzige Königin wissen.

Der Torwächter zuckte mit den Schultern. »Schwarzer Umhang, schwarzer Hut, schwarzer Bart.«

»Kann sie nicht gewesen sein«, sagte König Kul. »Nicht, wenn der Kerl einen Bart trug.«

»Sie ist gut, was Tarnungen angeht«, warnte Pip in Erinnerung an die Warzen und die Nase aus Hühnerhaut.«

»Wurde der Karren von einer großen schwarzen Ziege gezogen?«, fragte Gorbo.

»Vielleicht«, antwortete der Torwächter. »Vielleicht auch nicht. Ich kann schließlich nicht auf alles achten. Es kommt so viel durch das Tor. Ich musste mir die Ohren zuhalten wegen dem Lärm, den der Kerl gemacht hat.«

»Was für Lärm?«, fragte König Kul.

»Sackpfeifen«, erklärte der Mann. »Klang wie eine Herde kranker Kühe.«

»Das *war* sie – sie muss Flora hinten auf dem Karren versteckt haben!« Pip spürte, wie sich sein Magen zu einem engen Knoten aus schierer Angst zusammenzog. Die Sackpfeifen mussten Floras Hilfeschreie übertönt haben. »Oh, beeilt euch … bitte! Wir müssen sie zurückholen!«

König Kul brüllte Befehle. Soldaten wurden in Marsch gesetzt. Einer von ihnen kam mit etwas Schwarzem, Zottigem und Haarigem, das lose zusammengeknotet war und nach Ziege roch.

»Mister Hornemanns Bart«, sagte Pip. »Sie hat ihm den Bart geklaut.«

Die Schnerge sattelten ihre Strauße. Captain Vanderdecken brachte seine Crew in Marschaufstellung.

»Darf ich mitkommen?«, bettelte Pip.

Die barmherzige Königin schüttelte den Kopf. »Ich muss wenigstens einen von euch in Sicherheit wissen. Bleib hier bei Gorbo. Die Kelpse werden für euch sorgen. Sie sind nicht die grausamen Wesen, für die wir sie gehalten haben. Die ganze Zeit haben wir die Geschichten geglaubt, dass sie gern Babys gekocht mit Reis essen … Vielleicht hätten wir mal versuchen sollen, selber die Wahrheit herauszufinden.«

»Ich will nicht versorgt und in Sicherheit sein«, sagte Pip, als er und Gorbo zusahen, wie die letzten Männer der *Flying Dutchman*-Crew durch das Stadttor marschierten. Die Strauße und die Soldaten des Königs waren schon weit voraus. »Doch nicht, wenn Flora in größter Gefahr ist …«

»Sie werden sie sicher bald einholen.« Gorbo befingerte seine Glückseichel. Und in seinen Schuhen schlang er die kleinen Zehen um den dicken und drückte ihn fest.

»Nur, wenn sie den richtigen Weg nehmen«, sagte Pip. »Die Hexe wird nicht in ihrem Haus bleiben – sie wird ja wissen, dass alle hinter ihr her sind.«

»Dieb!«

Pip und Gorbo erschraken beide, als der Schrei ertönte. Eine groß gewachsene Kelpsin, die an einem Fischstand arbeitete, schwang ein langes Messer.

»Wenn sich das Biest noch einmal meinen Fischen nähert, dann filetiere ich es«, drohte sie.

Auf dem Kopfsteinpflaster saß eine schwarze Katze mit Knick im Schwanz und mit nur einem Auge. Sie nagte an einem Kabeljaukopf. Pip hielt Tiger gerade noch rechtzeitig zurück.

»Gorbo, schau! Das ist Gubbin. Er muss uns hierhergefolgt sein. Er hat Flora gesucht, seitdem wir Sunny Bay verlassen haben – er war uns die ganze Zeit auf den Fersen – zumindest glaube ich, dass er uns auf den Fersen war …«, überlegte Pip.

Jetzt, wo er drüber nachdachte: Wer war eigentlich wem gefolgt? Könnte es nicht Gubbin gewesen sein, den Tiger die ganze Zeit gejagt hatte? Wie rum auch immer, Pip hatte die Worte der Hexe nicht vergessen.

»Gubbin hat eine Nase wie ein Hai, der Blut riecht …«

»Wir wollen aber keine Haie«, sagte Gorbo entschieden. »Und auch kein Blut. Wir wollen nur Miss Flora.«

»Genau«, stimmte ihm Pip zu. »Und Gubbin wird sie für uns finden!«

In ihrer Aufregung reichten sie sich die Hände, umarmten einander mit dem traditionellen Schnergengruß, stießen dabei gegen die Fischverkäuferin und kippten ein Brett voller Sprotten um.

»Strolche«, beklagte sie sich. »Ich versteh überhaupt nicht, wieso euch der König noch nicht geköpft hat.«

»Weil er, gnädige Frau, nicht der böse Mann ist, für den wir ihn gehalten haben«, erklärte ihr Gorbo. »Hat sich herausgestellt, dass das Ganze ein Fehler war: Kelpse und Schnerge sind jetzt sehr gute Freunde.«

»Was du nicht sagst«, schnaubte die Frau. »Dann hoffe ich mal, dass du für die Fische bezahlen kannst.«

»Ist nicht so, dass wir sie wollen«, grummelte Pip und reichte ihr schweren Herzens seinen Silberpfennig.

»Doch, wollen wir«, sagte Gorbo. »Und leih mir mal bitte deine Kappe.« Er schob Tigers Nase aus dem Weg und schüttete die Fische in Pips Samtkappe. »Hier, Mieze.«

Gubbin hatte gerade den Kabeljaukopf beendet. Er stand auf, streckte sich und kam herüberspaziert. Seine Schnurrhaare zuckten in der fischigen Luft.

»Wenn du mehr willst, musst du sie dir verdienen«, erklärte ihm Gorbo und ließ eine Sprotte knapp außer Reichweite des Katers in der Luft baumeln. »Komm schon, Mieze. Zeig uns den Weg.«

SIEBTER TEIL

in dem Malicia zu den Koboldhöhlen hinaufsteigt und Golitho einen schlechten Tag hat. Gorbo wird schließlich ein Held, Pip macht den perfekten Fang, Flora sagt, was sie denkt, und Tiger spielt seine Rolle.

33

»Wo gehen wir hin, Mudder?«

»Unter die Erde, mein Sohn«, antwortete Witwe Meldrum. »Wo man uns nicht findet. Es gibt einen Weg durch den Felsen, da oben zwischen den Klippen.« Sie zeigte den Hang hinauf, den sie gerade bestiegen. »Eine Koboldtür. Sie führt tief ins Berginnere. Wenn sie wollen, können sie hundert Jahre suchen. Sie werden uns nicht finden.

»Unter der Erde gefällt mir nicht«, sagte Golitho trübsinnig. »Unter der Erde ist für kleine Leute. Da stoß ich mir den Kopf.«

»Mit viel Glück stößt es dir ein bisschen Verstand in deinen Schädel.« Die Hexe stieß Flora mit dem Ende ihres Schirms weiter. »Trödel nicht rum, Mädchen – beweg dich!«

Flora war schon zum hundertsten Mal über ihr besticktes Kleid gestolpert, der Saum war inzwischen ganz staubig und ausgefranst. Es ist nicht leicht, in einem langen Kleid einen steilen Berg hochzusteigen, noch dazu mit gefesselten Händen. Die dünnen Satinschuhe, die man ihr am Hof der Kelpse von einer Prinzessin geborgt hatte, waren durchgescheuert.

Sie hatte Banrive auf dem Ziegenkarren verlassen, auf dem sie, in einem großen Sack versteckt, hin und her geschleudert wurde. Die

Sackpfeife hatte ihre Hilfeschreie übertönt. Es war eine Erleichterung gewesen, als das Holpern endlich aufhörte und der Sack aufgeschnürt wurde. Weniger angenehm war es festzustellen, dass sie wieder vor dem Haus der Hexe standen, und zu sehen, wie Golithos riesiges Mondgesicht auf sie herabschaute, erst recht, als er auch noch anfing, sich die Lippen zu lecken.

»Hör auf zu sabbern!«, befahl ihm seine Mutter. »Und hilf mir, den Karren zu packen.

Bald waren sie wieder aufgebrochen, der Karren hoch beladen mit Töpfen und Pfannen, Möbelstücken, der Kröte in ihrem Weidenkorb-Käfig, etlichen Körben mit jaulenden Katzen, einer Unmenge purpurfarbener Strümpfe, einem großen lila Hut und den Resten vom Pfefferkuchenhaus.

Golitho führte die Ziege und versuchte, außer Reichweite ihrer Hörner zu bleiben: Mister Hornemann war noch immer beleidigt, dass man ihm seinen Ziegenbart gestohlen hatte. Flora trug ein Seil um die Handgelenke und ein weiteres um ihren Bauch. Das Ende des Seils hielt Witwe Meldrum, die Flora mit der Spitze ihres Schirms vorwärtstrieb.

Der Berg wurde steiler. Sie folgten einem Bachbett, das schon lange ausgetrocknet war. Die Zinnen von Banrive unten in der Ebene wirkten jetzt klein und sehr weit weg.

»Können wir nicht eine Pause machen, Mudder?« Golitho war gereizt. »Die Sonne scheint so grell. Mir ist schon ganz schwummerig. Und du lässt das Mädchen zu schnell gehen. Sie wird noch ganz dünn und sehnig werden. Sieht schon jetzt viel weniger saftig aus.«

»Na und? Sie ist ja auch nicht zum Essen«, entgegnete die Hexe. »Wie oft muss ich dir das noch sagen?«

Golitho seufzte. »Und wozu ist sie dann?«

»Ja, wozu?«, sagte Flora und klang mutiger, als sie sich fühlte. »Du willst doch nicht, dass ich eure schöne Höhle in Unordnung bringe. Ich steh euch ja nur im Weg. Wenn ich du wäre, würde ich mich lieber zurücklassen.«

Witwe Meldrum lachte. »Nein, nein – du gehörst jetzt mir. Ich wusste sofort, als ich dich sah, dass du die Richtige bist. Ich hab es in deinen Augen gesehen. Du bist nicht so wie die anderen Mädchen. Du bist trotzig. Du bist wütend auf Leute, wütend auf das Leben. Genau wie ich es in deinem Alter war. Wir sind gleich, du und ich.«

»Sind wir nicht«, sagte Flora.

»Sie werden dich nur in dieses Waisenhaus zurückbringen«, sagte die Hexe. »All diese Regeln und Sitten, all dieses Tun, was man dir sagt. Wie kann man da glücklich sein? Vor langer Zeit habe ich ein Versprechen gegeben, dass ich den Ort zerstören werde. Und ich halte meine Versprechen. Bald wird das Waisenhaus zerkrümeln wie Pfefferkuchen – dann wird nichts als ein Haufen Asche mehr von ihm übrig bleiben.«

»Das wirst du nicht tun«, antwortete Flora. »Miss Watkyns wird das nicht zulassen.«

»Sie macht es schwer«, gab die Hexe zu. »Meine ach so gute, brave Schwester hat den Ort mit ihren Zaubersprüchen umgeben. Ich komme an ihnen nicht vorbei – aber du wirst es schaffen. Wenn du bereit bist – wenn dein Verstand und meiner eins geworden sind –, wirst du zurück nach Sunny Bay gehen. Miss Watkyns wird ihr verlorenes Schaf niemals abweisen, natürlich nicht. Sie wird dich aufnehmen, und wenn die Zeit reif ist, wird es deine Hand sein, die das Streichholz zündet. Du wirst mein Werkzeug sein und tun, was ich nicht selbst tun kann. Würdest du nicht auch gerne sehen, wie sich das Ganze in Rauch auflöst? Denk an die Flammen, so hell und schön, wie sie all die Traurigkeit und Düsternis wegbrennen werden.«

»Nein«, sagte Flora.

»Und danach, wenn nichts mehr übrig ist«, sagte Malicia träumerisch, »wird Felicia Watkyns weg sein. Sie wird verschwunden sein.«

Flora blieb stehen »Was hast du mit Miss Watkyns vor?«

»Mudder wird Tante Watkyns in eine Kröte verwandeln, so wie Mister Bunphatt«, erklärte Golitho. »Und wir werden ein neues Haustier haben.«

»Wer hat dir denn die Idee in den Kopf gesetzt?«, fragte die Hexe. »Meine Schwester in eine Kröte verwandeln? So gefühllos bin ich nun auch wieder nicht. Doch nicht in eine Kröte. In etwas Schöneres werde ich sie verwandeln. Hast du schon mal einen Feuersalamander gesehen?«

Flora schüttelte den Kopf so fest, dass ihre Haare flogen. »Ich werde es nicht tun. Das Waisenhaus ist nicht mehr so, wie es früher war. Sie sind freundlich zu uns. Niemand schlägt uns. Es gibt Picknicks und Spiele … und Vanillepudding.«

»Vanillepudding?«, schnaubte die Hexe. »Das reicht, um dich glücklich zu machen? Bist du nicht mehr wert? Miss Watkyns kümmert sich nicht um dich – nicht mehr als um mich damals, ihre Schwester. Ich habe sie angefleht mitzukommen, als ich Sunny Bay verließ. Aber sie hat sich geweigert und mich allein in die weite Welt ziehen lassen, nur mit einer Kröte als Begleiter. Ist das fair?«

»Du hast das Waisenhaus angezündet«, hielt Flora dagegen. »Sie ist geblieben, um die anderen Kinder zu retten. Niemand hat dich gezwungen wegzulaufen.«

»Du weißt nicht, wie es damals war.« Malicia warf einen hasserfüllten Blick auf die Kröte in ihrem Käfig. »Adolphus Bunphatt«, sagte sie voller Bitterkeit. »Die Sorte von aufgeblähter Puddingtasche, die sich zum Abendessen ein schönes Stück Roastbeef gönnt, während draußen hungernde Kinder wässrigen Haferschleim löffeln. Vor jedem Kanten Brot, den wir bekamen, mussten wir aufstehen und Adolphus Bunphatt danken. Ein Nieser, ein fallen gelassener Löffel, ein geflüstertes Wort – und wir bekamen Prügel. Wenn wir weinten, schlug er noch fester zu. Jetzt bezahlt er dafür – er muss mich anbetteln für seine Würmer. Das ist die eine Hälfte meines Versprechens, die ich gehalten habe – aber eben nur die eine. Brenn du das Waisenhaus für mich nieder, Flora, und ich werde für dich sorgen, als wärest du meine eigene Tochter. Schau, hier ist ein schönes Geschenk, um es dir zu beweisen – sieh nur.«

Malicia streckte ihr den Arm entgegen. Auf ihrer Hand lag die

Hälfte von einem kleinen silbernen Herzen – fleckig und grün angelaufen wegen mangelnder Pflege – an einer Kette aus Korallenperlen.

»Trag sie«, krächzte die Hexe heiser und hing sie Flora um den Hals.

»Zu eng«, protestierte Flora. »Ich krieg keine Luft.«

»Hör auf, dich zu beklagen«, sagte Malicia in scharfem Ton. »Lern lieber, das zu tun, was man dir sagt, ohne so einen Aufstand zu machen, jetzt, wo du mir gehörst.«

»Ich gehör dir nicht«, sagte Flora energisch. »Ich gehöre nach Sunny Bay, zusammen mit Pip und Tiger. Miss Watkyns ist auch unter Mister Bunphatt in dem Waisenhaus aufgewachsen, aber sie hat versucht, die Dinge besser zu machen. Ihr wollt nur alles verschlechtern! Und Miss Watkyns kümmert sich sehr wohl um uns. Sie hat die barmherzige Königin und Captain Vanderdecken losgeschickt, uns zu suchen.«

»Ah, die ritterliche Rettungstruppe«, höhnte Malicia. Sie reichte Golitho das Ende von Floras Seil und hob dann die Schädelschüssel von dem Karren. »Alte Männer und eine Handvoll Schnerge. König Kul unterhält sie in seinem Festsaal. Zeig einem Schnerg ein Fest und er vergisst seine eigene Großmutter. Ich frage mich, haben sie überhaupt schon gemerkt, dass du nicht mehr da bist?«

»Pip hat es gemerkt«, antwortete Flora entschieden. »Er und Gorbo werden mich retten.«

Die Hexe stieß ein schnarrendes Lachen aus. »Gorbo? Der könnte nicht mal ein Salatblatt vor einer Schnecke retten!« Sie setzte sich auf einen Felsstein, mit dem Schädel im Schoß, fuhr mit der Hand über das Nachtschatten-Gelee und blickte in seine Tiefen.

»Oje«, mokierte sie sich. »Ich sehe Strauße, die im Kreis flattern, weil ihre Reiter nicht wissen, in welche Richtung sie sollen; ich sehe verwirrte alte Männer, die in unterschiedliche Richtungen marschieren. Ich sehe Soldaten ein leeres Haus durchsuchen. Arme kleine Flora … ich fürchte, das bedeutet die Koboldhöhlen für dich. Ein paar Wochen dort unten in der Finsternis und du wirst bereit sein, zu tun, was ich sage.«

Vielleicht hätte Malicia genauer hinschauen sollen. Was sie nämlich *nicht* in ihrem Gelee gesehen hatte, waren zwei kleine Gestalten und ein Hund – die hinter einer einäugigen Katze herliefen.

34

Miss Watkyns saß an ihrem Schreibtisch, das Kinn in eine ihrer Hände gestützt, und wand eine Locke ihrer dunklen Haare um einen Finger. Sie betrachtete ihren Goldfisch. Zucken des Schwanzes nach links, dann nach rechts jagen, hoch an die Oberfläche, schnelle Wende, abtauchen! Wieder und immer wieder.

»Nein«, sagte Miss Watkyns plötzlich und stieß ihren Schreibtischstuhl zurück. »Es hilft nichts! Heinrich Cornelius, du brauchst ein größeres Glas.«

Gerade als sie sich auf den Weg den Flur entlang machte, kam ein kleiner Junge um die Ecke gerannt, der sich für die Lateinstunde verspätet hatte. Als er sie sah, bremste er schuldbewusst ab und blieb schlitternd stehen.

»William«, sagte Miss Watkyns. »Siehst du das Schild an der Wand? Was steht da?«

William ließ den Kopf hängen. »*Nicht auf den Fluren rennen, Miss Watkyns.*«

»So ist es«, stimmte Miss Watkyns ihm zu. »Ich will, dass du das Schild ignorierst.« Sie zog es von der Wand und knüllte es zu einer Kugel. »Renn schneller, William. Renn so schnell, wie du kannst. Worauf wartest du. Lauf, lauf, lauf!«

Sie klatschte in die Hände. Und William jagte los wie ein aufgescheuchter Hase.

»Ja«, sagte Miss Watkyns zu dem leeren Flur. »Ich habe diese Kinder unterdrückt, ich habe sie mit Regeln und Rosmarin eingehegt. Ich habe versucht, ihnen Sicherheit zu geben, aber ich war zu streng. Doch es ist ja zum Glück nie zu spät, aus Fehlern zu lernen. Manchmal müssen Regeln gebeugt und Risiken eingegangen werden – das Leben muss gelebt werden. Von nun an werden die Dinge in Sunny Bay anders laufen …«

35

Die Sonne knallte senkrecht und glühend vom Himmel herab. Die Bergbesteiger hatten eine Pause gemacht, um sich auszuruhen. Golitho lag schnarchend im Schatten einer Tanne, mit einem Taschentuch überm Gesicht. Damit sie aufhörten zu jaulen, waren die Katzen aus ihren Körben gelassen worden, um sich in der Wärme zu aalen. Mister Hornemann, der von der Deichsel des Karrens befreit worden war, knabberte an einem Dornbusch. Mister Bunphatt saß im Schatten unter Malicias Schirm, während sie selbst sich von Neuem über ihr Gelee beugte. Es zeigte ihr, was sie sich mehr als alles andere zu sehen wünschte: das Heim für überflüssige und aus Zufall elternlose Kinder in Sunny Bay, wie es prasselte und brannte. Das Geräusch der Flammen war ihr Schlaflied; ihr Kopf sank langsam nach unten.

Das Ende von Floras Seil war um den Ast einer Tanne geschlungen, unerreichbar für sie. Flora war hellwach. *Pip, wo bist du …?*

Weit unten am Berg bewegte sich etwas.

Zwei Punkte und ein weißer Fleck, gefolgt von einem schwarzen. Hoffnung keimte in ihr auf. *Beeilt euch,* drängte sie die Punkte. *Bitte kommt schnell.* Sie waren zu weit entfernt. Malicia würde aufwachen, ehe die Punkte heraufkamen, und Flora unter die Erde führen. Sie würde für immer verloren sein und Pip und Tiger nie wiedersehen …

Zeit. Sie brauchen mehr Zeit. Sie schaute auf ihre gefesselten Handgelenke. Und dann auf die Enden von Golithos Schnürsenkeln …

Wie gut, überlegte sie, *dass ich bei dem Fest der Königin neben Wilmus gesessen habe. Und dass er mir beigebracht hat, wie man den Unlösbaren knotet …*

Es war nicht leicht mit ihren gefesselten Händen, doch nach ein paar Minuten und jeder Menge Nachdenken, Schlingen, Fädeln und Ziehen zerrte sie die Schnürsenkel von Golithos Stiefeln fest und lehnte sich wieder zurück. *Das dürfte uns schon mal ein bisschen langsamer werden lassen,* überlegte sie. *Aber noch nicht genug.* Die Punkte am Berghang schienen nicht wesentlich größer geworden zu sein. Die Hexe rührte sich und murmelte etwas. Jeden Moment würde sie aufwachen. Floras Hoffnung verflog allmählich.

Mister Hornemann hatte sämtliche Blätter von seinem Dornbusch abgerissen und suchte nach einer neuen Beschäftigung. Er senkte die Hörner und versuchte, mit ihnen eine vorbeifliegende Biene anzugreifen, danach stellte er sich auf seine Hinterläufe, um den Inhalt des Karrens zu erforschen.

Es gibt nicht viel, was Ziegen nicht fressen. Und ganz sicher fressen sie Pfefferkuchen.

Nur zu, bedien dich, Mister Hornemann, ermunterte Flora ihn. *Friss, so viel du magst.*

Nachdem er das Dach und die oberste Etage vom Pfefferkuchenhaus geschafft hatte, schaute Mister Hornemann etwas skeptisch. Er setzte sich auf sein Hinterteil, stieß ein überraschtes Gemecker aus und kippte zur Seite.

Das Gemecker weckte Malicia. Sie schaute nach dem Stand der Sonne, runzelte die Stirn und warf mit einem Stein nach Golitho.

»Aufstehen, du Schlappwurm. Es ist Zeit, unter die Erde zu verschwinden.«

Sie griff wieder nach ihrer Schädelschüssel. Flora erstarrte. Wenn Malicia die beiden schwarzen Punkte in dem Gelee sah, was dann? Dann würden wahrscheinlich sehr bald zwei weitere Frösche in dem ausgetrockneten Bachbett herumhüpfen, während sie, Flora, von dem Berg verschluckt würde.

Golitho setzte sich auf, rieb sich die Augen und gähnte.

Seine Mutter warf einen zweiten Stein nach ihm. »Beeil dich. Binde das Mädchen los und schirr die Ziege wieder an.«

Golitho stand auf. Er versuchte einen Schritt zu machen, doch die verknoteten Schnürsenkel ließen es nicht zu. Er wankte, flatterte mit den Armen, dann stolperte er nach vorn. Es gab ein dumpfes Geräusch, als Schädel gegen Schädel schlug. Golitho war mit dem Gesicht voraus im Gelee gelandet.

»Dumpfbacke!«, schrie seine Mutter. »Schau dir an, was du gemacht hast!«

»Blut! Ich blute!«, jammerte das Menschenfressermonster und schlug sich gegen die Stirn.

Die Hexe schob ihn aus dem Weg und griff nach den purpurn schimmernden Klecksen. Sie warf sie zurück in die Schüssel und versuchte die Oberfläche zur Ruhe zu bringen – doch es hatte keinen Zweck. Nichts rührte sich in den Tiefen, nichts zeigte sich ihr. Es war bloß noch eine Schüssel zerstörtes Gelee.

Golitho hatte seine Schnürsenkel entdeckt.

»Das war *sie*«, schluchzte er und zeigte auf Flora. »Ich mag sie nicht, Mudder. Sie ist nicht nett.«

Malicia schrie sie beide an, immer noch über die Reste ihres Gelees gebeugt, während Golitho mit dem unlösbaren Knoten kämpfte. Flora hörte nicht zu, sondern starrte den Berg hinab. Die Gestalten waren jetzt deutlich zu erkennen – zu deutlich. Irgendwie musste sie ihnen eine Warnung schicken. Was hatte ihnen Gorbo noch beigebracht, als sie ihn im Wald trafen, bevor die Wobser angeschwärmt kamen? Flora legte die Hände um den Mund und machte den Ruf des Verirrwirrten Kuckucks nach.

Uuu-k-uck … uuu-k-uck …

Würden sie ihn hören? Flora sah, wie die Gestalten stehen blieben. Einer wandte den Kopf zum andern um, ein Arm zeigte den Berg hinauf und dann waren sie weg, zwischen den Bäumen verschwunden.

»Irgendwas stimmt nicht mit dem Mädchen, Mudder. Sie macht so komische Geräusche.« Golitho starrte sie an. »Sie hat Haargewöll …«

»Ich hab eine Fliege verschluckt«, log Flora und tat so, als würde sie husten. »Ich glaube, sie steckt noch im Hals.«

»Fummelst du etwa immer noch an den Schnürsenkeln rum?«, fauchte Malicia und sah stirnrunzelnd zu ihrem Sohn hinüber. »Jeder, der mehr als bloß Steinstaub in seinem Hirn hat, würde die Schuhe ganz einfach *aus*ziehen.«

Das war der Moment, in dem sie Mister Hornemann bemerkte.

»Wieso hast du ihm so viel Seil gegeben?«, schrie sie Golitho wütend an. »Jetzt schau nur – unbrauchbar! Setz ihn in den Karren. Dann musst du ihn eben selber ziehen.«

»Ich kann nicht weitergehen«, sagte Flora mit kläglicher Stimme. »Meine Füße tun weh. Ich hab überall Blasen …«

»Nutzloses Etwas!« Mit einem *Schnapp* ließ Malicia ihren Schirm aufklappen. Funken flogen. »Dann setz auch sie in den Karren, sonst hält sie uns unnütz auf.«

Golitho zog die Stiefel aus, hob Flora vom Boden und warf sie, nicht sehr behutsam, zwischen die Töpfe, Pfannen und Holzstühle.

Er stand jetzt über ihr, Mister Hornemann um seine Schultern geschlungen. »Rück zur Seite, du unfreundliches Mädchen.«

Flora wich zurück und zuckte zusammen, als sie auf der Sackpfeife landete. Und genau da passierte es. Bisher hatte sich der Karren, mit den Zugstangen am Boden, nicht gerührt. Doch er war schwer beladen und stand an einem steilen Abhang. Jetzt, da sich das Gewicht nach hinten verlagerte, schwangen die Zugstangen hoch und die Räder begannen zu rutschen.

»Hey!« Als sie es unter sich holpern spürte, klammerte sie sich an den Seiten fest. »Hey, pass doch auf – der Karren –«

Doch die Räder drehten sich inzwischen und nahmen Tempo auf.

Golitho griff zu, umklammerte eine der Zugstangen, doch die Ziege auf den Schultern behinderte ihn und er konnte den Karren nicht festhalten.

»Was *machst* du?«, schrie seine Mutter. »Du holzköpfiger, tollpatschiger Trampel! Du sedimentäres Schotterhirn! Du schwachsinniges, seierndes Sabbermaul! Du megalithischer Bastard! Ich hätte dich den Kobolden zum Spielen überlassen sollen, als du geboren wurdest. Ich hätte dich aussetzen sollen, damit dich die Adler stehlen. Ich hätte dich in eine Schlucht werfen sollen. Ich hätte ...«

Was immer als Nächstes kam, Flora hörte es nicht mehr. Der Karren ratterte und holperte das Bachbett hinab, Steine rutschten und sprangen unter den Rädern weg. Sie konnte sich nur noch an den Seiten festhalten und überlegen, was wohl geschehen würde, wenn sie unten ankam und wie weh das tun würde.

36

»Was ist das für ein Geräusch?«, fragte Pip und neigte den Kopf zur Seite, damit er besser hören konnte.

Sie waren zwischen den Bäumen stehen geblieben, um zu verschnaufen. Die schwarze Katze hatte sie in flottem Tempo den Berg hochgeführt. Tiger, der keuchend und wie wild an seiner Leine riss, war ihr dicht gefolgt und hatte Pip hinter sich hergezogen. Gorbo schaute in den klaren blauen Himmel und kratzte sich den Kopf. Die Katze schlang sich um seine Beine. Eine letzte Sprotte war noch in der Samtkappe übrig. »Donner kann es nicht sein …«

»Gorbo …« Pip starrte den Berg hoch. »Gorbo – *schau!*«

Die Antwort rumpelte in Sicht: Der ziegenlose Karren kam den Hang hinab auf sie zugerasselt und -geprasselt und spie die Habseligkeiten der Hexe nach links und rechts von sich. Eine Gestalt klammerte sich an der Seitenwand des Karrens fest, das Sonnenlicht funkelte auf ihrem blonden Haar.

»Flora …« Pip spürte einen kalten Schauer des Entsetzens.

»Keine Sorge, Meister Pip«, sagte Gorbo und kletterte das Bachbett hinab. »Kann ein bisschen chaotisch werden und Miss Flora kriegt vielleicht ein paar blaue Flecken ab, aber ich werde den Karren aufhalten, und wenn es das Letzte ist, was ich tue. Und falls es wirklich das Letzte ist, dann kannst du meine ganzen Schnüre haben. Grüß mir Tante Plumpser. Und pass auf den kleinen Tiger auf. Und erzähl der Königin, dass Gorbo alles versucht hat.«

»Du kannst doch den Karren nicht mitten in dich reinkrachen lassen«, protestierte Pip. »Du wirst ... Gorbo, *nein!* Ich lass das nicht zu. Hier, nimm Tiger. Ich weiß, was zu tun ist, aber uns bleibt nicht viel Zeit.«

Die Bäume wuchsen dort, wo sie waren, bis dicht an den Bachrand heran und streckten ihre Äste über das trockene Bett. Pip warf einen Blick zu dem Karren – er war jetzt schon sehr viel näher –, dann zu den Ästen hoch und schätzte Höhe und Entfernung ab. Im nächsten Moment sprang er in einen Baum und kletterte nach oben wie der Zirkusjunge, der er einmal gewesen war. Er kroch auf dem Ast vor, den er sich ausgeguckt hatte, und spürte dabei, wie sein Herz pochte. Und da war es wieder, dieses vertraute Prickeln in seinen Adern. Früher hatte das Prickeln von seiner Angst hergerührt – nicht von der Angst zu stürzen, sondern von der Angst, was sein Vater mit ihm machen würde, wenn Pip ein Fehler passierte. Wenn er jetzt Angst hatte, dann nur, dass Flora etwas passierte. Ohne den Blick seines Vaters auf sich, der ihn schwerfällig und ungeschickt gemacht hatte, konnte er das hier schaffen. Er wusste, dass er es schaffen konnte.

Er ließ sich fallen. Seine Finger spürten Rinde. Würde der Ast halten? Er hoffte es. Der Karren war jetzt ganz nah. Würde Flora wissen, was sie zu tun hatte, damit es gelang? Ja – Flora wusste es immer, sie brauchte keine Worte. Solange sie Pip rechtzeitig sah.

Schwing! Nutz deine Beine. Zieh sie hoch. Hak die Knie ein. Lass dich nach unten hängen. Schwing.

Jetzt kam der Karren – und da war Flora, mit bleichem Gesicht und fliegenden Haaren. Sie hatte ihn gesehen, sie war auf den Beinen – sie schwankte, hielt sich an der Seitenwand des Karrens fest, um das Gleichgewicht zu halten.

Nicht schwanken, Flora. Richte dich auf. Streck mir die Arme entgegen ...

Sie verstand. Sie nahm alle Kraft zusammen, reckte die gefesselten Hände nach oben … und Pip erwischte sie.

Die drei standen am Bachrand und beobachteten, wie der Karren weiterjagte. Weiter und immer weiter hinab, bis fast ans Ende des Bergs, wo das Bachbett einen Bogen machte und der Karren gegen das trockene Ufer knallte. Holz splitterte, und was noch von Witwe Meldrums Besitz übrig war, flog in die Luft und regnete dann wieder herab. Das Wrack des Karrens lag auf der Seite, ein Rad drehte sich noch.

»Was, wenn ich da noch drauf gewesen wäre?« Flora zitterte. »Was, wenn ihr nicht gekommen wärt?«

»*Was wenn* zählt nicht«, erklärte Gorbo und löste die Fesseln um Floras Hände. »Das ist wirklich ein schönes Seil – hast du was dagegen, wenn ich es behalte? Was zählt, ist, *was ist*. Und jetzt gerade sind wir wieder zusammen – wir drei.«

»Ähm … gleich vier«, sagte Pip und zeigte mit dem Finger. »Schaut.« Golitho hoppelte auf sie zu – mit wedelnden Armen, um das Gleichgewicht zu halten.

»Wenn ich bloß noch Pfeil und Bogen hätte«, klagte Gorbo, »dann würde ich ihm so viele Spitzen in den Körper jagen, wie ein Stoppelschwein Nadeln hat, aber … nein, wartet … lasst mich überlegen … ich *denke*«, sagte Gorbo und klang sehr überrascht, »ich hab da vielleicht eine Idee.« Er zuckte mit den Schultern, um den Einkaufsbeutel herunterzunehmen, und wühlte in ihm herum. »Hier.« Er reichte das lose Ende Flora. »Schling es um den Baum da – ungefähr so hoch – und dann haltet ihr beide es schön stramm. *Nicht loslassen.*« Und während Gorbo sich von ihnen entfernte, ribbelte er den Rest des Beutels immer weiter auf – und sprang über das Bachbett auf die Bäume am anderen Ufer zu.

Golitho kam fauchend und mit rotem Kopf den Berg hinuntergestampft.

»Wo ist sie? Unfreundliches Mädchen. Mudder will sie zurück. Mudder ist sehr wütend – noch wütender, wenn ich sie nicht erwische. Und wenn ich die Sackpfeifen, den besten Kessel, das eingelegte Herz und den purpurigen Hut nicht finde, aber vor allem das Mädchen«, murmelte er vor sich hin.

Den Blick nach vorn gerichtet, suchte er zwar gründlich den Hang nach Flora ab, achtete aber nicht darauf, wo er hintrat. Der Faden, der über das Bachbett gespannt war, erwischte ihn an den Schienbeinen. Er schwankte, wankte, fluchte – und krachte zu Boden.

»Oje«, seufzte Flora. »Schon das zweite Mal an einem Tag. Armer alter Golitho.«

Plötzlich hörten sie Hufgetrappel. Und Rufe. Seitlich um den Berg herum kamen Soldaten geritten, gefolgt von mehreren Straußen und, tapfer den Schluss bildend, die Crew der *Flying Dutchman* mit ihren Musketen im Anschlag.

»Ihr seid ein bisschen spät dran«, erklärte ihnen Pip. »Wir haben Flora schon gerettet.«

»Aus dem Weg.« Sir Parzival schwang sein Schwert. »Ich werde dieses Menschenfressermonster töten.«

»Neinnein«, sagte Flora. »Das werdet Ihr nicht tun.«

Als sie sich neben Golitho kniete, wandte er ihr den Kopf zu. Sie spürte kurz Zweifel, als sie den Zähnen, die früher einmal Kinder zermalmt hatten, so dicht gegenüberhockte, doch seine Nase blutete und er hatte Tränen in den Augen.

»Tut mir leid«, sagte sie zu ihm. »Tut mir leid, dass ich deine Schnürsenkel zusammengebunden hab. Bleib einfach still liegen und tu nichts Dummes, dann wirst du auch nicht getötet.«

Sie sah Sir Parzival mit einem strengen Blick an. »Wisst Ihr, er musste viel ertragen bei dieser Hexe als Mutter. Eltern«, erklärte Flora, »sollten nicht grausam zu ihren Kindern sein – nicht, wenn sie wollen, dass etwas Gutes aus ihnen wird. Es ist schwer, gut, freundlich und klug zu werden, wenn Leute, die es besser wissen sollten, einen innerlich das Gegenteil fühlen lassen.«

So wie Flora dabei an ihre *Mutter* mit all den Perlen, den Partys und ihrer perfekt gepuderten Nase dachte, erinnerte sich Pip an seinen *Vater,* der vor Wut geplatzt war, immer nur herumgebrüllt und keine anderen Worte gekannt hatte als diese: *nutzlos … dumm … sinnlose Platzvergeudung …*

»Sie hat recht«, sagte Pip.

»Befehl des Königs«, beharrte Sir Parzival. »Der Wüstling ist ein Menschenfresser.«

»Nicht mehr«, erklärte Flora entschieden. »Jeder macht Fehler. Wir können uns alle ändern.«

»Sehr wahr«, sagte die barmherzige Königin. »Sie spricht wie ein Schnerg.«

»Der Kerl verdient eine zweite Chance«, stimmte Captain Vanderdecken zu. »Strammer Junge – wird bestimmt ein guter Tubaspieler.«

»Wir nehmen ihn mit zurück nach Sunny Bay«, entschied Flora. »Miss Watkyns wird wissen, was aus ihm werden soll.«

Golitho zitterte plötzlich am ganzen Leib. »Nicht Watkyns«, wimmerte er. »Böse Watkyns – hat mir wehgetan. Kneifen und Stechen und all meine Beißer klappern in meinem Schädel. Sie wird dafür sorgen, dass sie mir ausfallen – und dann werd ich *nie* wieder Kinder zermalmen können.«

»Könntest du es vielleicht bitte sein lassen, ausgerechnet jetzt von Kinderzermalmen zu reden?«, flüsterte ihm Flora ins Ohr. »Ist nicht sehr hilfreich. Es gibt jede Menge andere Dinge zu essen, die viel besser schmecken, nehme ich an – du hast sie bloß noch nie probiert.«

Aber Golitho zitterte weiter. »Böse, böse Watkyns«, wiederholte er. »Gemein. Hat Mudder gesagt. Mudder weiß es am besten.«

»Mütter wissen nicht immer alles am besten«, sagte Flora. »Und du solltest nicht alles glauben, was man dir sagt. Manchmal muss man auch Dinge selber rausfinden. Schau die hier alle an.« Sie wedelte mit der Hand in Richtung der versammelten Soldaten und Schnerge. »Sie haben jahrelang Geschichten über die jeweils andern geglaubt und am Ende hat sich alles als Unsinn herausgestellt. Ich fürchte, wir werden dich fesseln müssen«, fügte sie entschuldigend hinzu. »Nur für eine kurze Weile. Und was Euch angeht«, erklärte sie Sir Parzival, »hört auf, mit Eurem Schwert rumzuwedeln. Seht Ihr denn nicht, dass das die Strauße nervös macht? Solltet Ihr nicht besser die Hexe verfolgen? Sie will zu den Klippen da oben.« Flora zeigte den Berg hinauf. »Wenn sie die erreicht, geht sie unter die Erde. Ich möchte jedenfalls nicht in Eurer Haut stecken, wenn Ihr König Kul erklären müsst, dass Ihr sie zum zweiten Mal verloren habt.«

37

Eine kaum bekannte Tatsache über Kobolde ist ihre Begeisterung fürs Heimwerken. In den Sommermonaten, wenn es lange hell ist und die Kobolde viele endlose Stunden unter der Erde festsitzen, beschäftigen sie sich mit Plänen für ihre Wohnungsumgestaltung. Eine Erweiterung hier, ein Abriss da. Sie brechen Wände durch und bauen geschmackvolle Bögen. Sie wechseln Stalaktiten gegen Stalagmiten aus. Sie leiten die Verläufe ihrer unterirdischen Abwasserströme um. Und sie versetzen die Türen – meist dann, wenn sie Besuch erwarten.

Malicia hätte das bedenken müssen. Aber das hatte sie nicht getan.

Sie stieg in einem strammen Tempo den Berg hinauf. Sie war jetzt mit leichtem Gepäck unterwegs – nur mit dem Schirm und den sechs schwarzen Katzen, alle an Leinen aus purpurfarbenem Band. Sie hatte gesehen, wie der Karren zerschlug, sie hatte den Sturz von Golitho gesehen und das Blinken der Rüstungen, die um den Berg herumgeritten kamen. Sie wusste, dass sie verfolgt wurde.

»Sie sind zu langsam, zu dumm«, erzählte sie den Katzen. »Die werden uns nie fangen.«

Doch als sie oben ankam, war die Tür der Kobolde nicht mehr da.

Sie klopfte mit dem Griff ihres Schirms und legte ihr Ohr an den Stein. Sie hörte das Glucksen und Kichern, sie hörte die trippelnden

Schritte auf der anderen Seite, doch sie gelangte nicht hinein. Hinter ihr kamen das Hufgeklapper, das Stiefelkrachen und die Stimmen immer näher. Die Katzen maunzten und zerrten an ihren Leinen. Runenstein, Raffzahn, Grimalkin, Murr, Schwester Graubuckel, Sauertopf … eine fehlte, wie immer.

Hinter den Klippen lag das Meer und flimmerte im Sonnenlicht. »Das ist nicht das Ende«, sagte Malicia. »Noch nicht.«

»Wir kommen zu spät«, sagte Pip, als der Trupp der Hexenjäger den Gipfel erreichte. »Sie ist weg.«

»Feind über uns«, verkündete Captain Vanderdecken, während er durch sein Fernrohr nach oben schaute.

Malicia war auf die Spitze einer hohen Felssäule gestiegen. Sie stand dort in ihrem Umhang aus traubendunkler Seide, umweht von ihren brombeerfarbenen Haaren. Der Schirm lag in ihrer Hand, die Katzen maunzten zu ihren Füßen.

Sir Parzival räusperte sich. »Ich, der streitbare Ritter Parzival, klage Euch an, Malicia Watkyns …«

»Ich heiße Meldrum«, unterbrach sie ihn. »Ich bin eine ehrenwerte Witwe.«

»Nur weil sie ihren Mann draußen in der Sonne gelassen hat«, murmelte Pip.

Sir Parzival gab seinem Pferd die Sporen. »Ihr werdet der Entführung, der grundlosen amphibischen Metamorphose …«

»Hä?«, sagte Gorbo.

»Ich glaube, er meint das Verwandeln von Leuten in Frösche«, erklärte ihm Flora.

»… und der allgemeinen Abgefeimheit beschuldigt«, fuhr Sir Parzival fort. »Ich habe Euch auf Befehl des Königs nach Banrive zu bringen.«

Malicia lachte. »Sagt dem König Danke für seine freundliche Einladung – aber ich möchte lieber nicht den Rest meiner Tage in seinem Kerker verbringen.«

»Ihr könnt dort oben nicht ewig bleiben, Malicia«, sagte die barmherzige Königin. »Tut mir leid, dass es so enden muss, aber wenn Ihr Euer Leben lang Ärger bereitet, dann kommt es irgendwann so.«

»Pompo, der ziemlich außer Atem war, stieß in sein Horn. »Auf Befehl ihrer konföderierten, konkludierten und (im Allgemeinen) kandidlen Hoheiten, der barmherzigen Königin aller Schnerge und König Kuls, des Herrschers über die Kelpse –«

»Ergreift sie!«, befahl Sir Parzival.

Zwei Kelp-Soldaten stiegen gehorsam von ihrem Pferd und begannen den Felsen hinaufzuklettern. Malicia lachte. Sie nahm alle Katzenleinen in eine Hand und hob dann den anderen Arm.

Pip spürte einen stechenden Schmerz der Angst – er wusste plötzlich, was die Hexe vorhatte.

»Der Schirm!«, rief er. »Sie verwandelt uns alle in …«

Hatte Pip recht? Wer weiß, wie viele kleine Frösche an dem Tag den Berg hinuntergehüpft wären, wenn sich nicht Tiger, der kläffend an seiner Schnur zerrte, genau in dem Moment losgerissen hätte. Der Anblick seiner Feinde – sechs an der Zahl, die ihn alle anknurrten und anfauchten – war einfach zu viel für ihn. Er sprang nach vorn, das Ende seiner Leine glitt Flora durch die Finger und schon jagte er auf den Felsen zu.

Die Katzen der Hexe rissen an ihren Bändern, jaulten und peitschten mit ihren Schwänzen. Als sie sich zwischen Malicias Beinen verhedderten, trat sie nach ihnen – und verlor das Gleichgewicht.

Die Zuschauer unten sogen aufstöhnend die Luft ein. Malicia schwankte, taumelte auf der schmalen Felskante, als sie versuchte, sich wieder zu fangen, dann stürzte sie … und war tot – auf dem Felsen tief unten zerschmettert.

Oder auch nicht.

Ihr Lachen hallte zu ihnen zurück, dünn und hoch wie der Schrei einer Möwe.

»Feind fliegt Richtung Südsüdwest«, berichtete der Captain und nahm das Fernrohr vom Auge.

Dort, seitlich auf ihrem Schirm sitzend, ritt Malicia auf den Wellen des Windes. Und als sie an den Bändern rüttelte, sprangen die Katzen los und hielten sie, aufs Meer hinausjagend, in der Luft.

Der Captain schüttelte den Kopf. »*So* etwas habe ich in meinem ganzen Leben noch nicht gesehen.«

»Vielleicht ist es so das Beste«, sagte die barmherzige Königin. »Wenn sie fort ist von hier, kann sie uns nichts mehr anhaben.«

»Das vielleicht nicht«, sagte Gorbo, »aber mir scheint, sie wird sich andere Opfer suchen, die ihr nichts getan haben.«

Die Königin blinzelte ihn an. »Das«, sagte sie, »war eine überraschend kluge Bemerkung. Ich glaube, du denkst tatsächlich nach.«

Pip und Flora folgten der Hexe mit ihren Augen. Sie flog an der Küste entlang, dort, wo das Wasser am Land geknabbert und kleine Buchten gebildet hatte. Pips Blick verweilte auf einer dieser Buchten, die zwischen zwei Landzungen lag wie ein Hufeisen aus golden leuchtendem Sand. Oben auf den Klippen über der Bucht stand ein großes Steinhaus mit hohen Schornsteinen. Ein Haus, das ihm merkwürdig vertraut vorkam.

»Captain, darf ich mal Euer Fernrohr ausleihen?«

»Aye, aye, Junge.« Der Captain reichte es ihm. »Siehst du Piraten?«

»Nein«, antwortete Pip und hielt das Rohr vor sein Auge, »aber ... Flora, schau!« Er reichte das Fernrohr weiter. »Da drüben. Das ist Sunny Bay!«

»Ja, tatsächlich, so ist es!«, sagte der Captain, zog seine Uhr aus der Tasche und runzelte die Stirn. »Was ist mit Mister Heilbutt und Mister Plankton los? Es ist zwei Minuten über die Stunde – und ich wüsste gern, wieso sie Doris nicht abgefeuert haben!«

Gerade in dem Moment, als die ferne Gestalt der Hexe in die Bucht hineinglitt, passierte es: der grelle Blitz, der widerhallende Donner der Kanone – Dad Men Doris machte ihren Mittagssalut. Die Möwen stoben in einer kreischenden Wolke auf, wie sie es immer taten, bevor sie auf die Wellen der Bucht zurücksanken. Zwischen ihnen trieben ein paar Seidenfetzen und die zerstörten Überreste eines purpurfarbenen Schirms ...

Zum zweiten Mal standen die Zuschauer auf den Klippen in schockiertem Schweigen da. Erst Flora brach dieses Schweigen, als sie erneut durch das Fernrohr sah.

»Was ist das?«

Ein Flecken Schwarz hatte sich von den Möwen abgesetzt und flatterte auf.

Captain Vanderdecken nahm ihr das Fernrohr ab und schaute hindurch. »Nichts zu sehen außer Möwen.«

Als sie sich abwandten, um wieder den Berg hinunterzugehen, hoffte Flora, dass der Captain recht hatte. *Denn wenn du mich fragst,* überlegte sie, *hat der Fleck sehr nach einer Fledermaus ausgesehen.* Und wer hatte je gehört, dass eine Fledermaus aufs Meer hinausflog?

Doch sie sagte es nicht laut. Schließlich hatte sie reichlich Übung darin, ihre Gedanken für sich zu behalten. *Und wozu,* überlegte Flora, *ein glückliches Ende verderben?*

ACHTER TEIL

in dem Pip und Flora zurück in Sunny Bay sind, wo nicht mehr alles genauso ist wie vorher. Miss Watkyns nimmt ein neues – und zufällig elternloses – Waisenkind auf. Tiger frisst eine Einladung und es liegt ein Hauch von Zimt in der Luft.

38

Miss Watkyns saß an ihrem Schreibtisch – sehr gerade, die Haare sauber hochgesteckt. Hinter ihr ließ das offene Fenster das vom Meer salzige Sonnenlicht und die Schreie der Möwen herein. Auf der Bank ihr gegenüber saß ein dünner Junge mit dunklen Augen, der die Beine vor- und zurückschwingen ließ. Er saß dort allein.

Zwei Wochen war es her, dass Pip und Flora nach Sunny Bay zurückgekehrt waren, ihre Abenteuer schienen schon langsam zu einer fernen Erinnerung zu verblassen.

Sie hatten sich unter hervorragenden Bedingungen von den Kelpsen getrennt (außer vielleicht von Sir Parzival). König Kul hatte sie für den Fall, dass es Probleme geben sollte, von einem bewaffneten Wächter über die Zollbrücke eskortieren lassen, doch die Trollin hatte ihren haarigen Kopf nicht gehoben. (Sie hörte das Getrippel und Getrappel der vielen Schritte über ihrem Kopf und bedauerte auch die Verschwendung, doch sie hatte erst gerade am Abend zuvor einen großen Krokopotamus verspeist und noch immer Verdauungsprobleme.)

Sie mieden die Hinterlistigen Bäume und waren bald wieder bei der Stadt der Schnerge. Hier hatte der Anblick Golithos ein gewisses Entsetzen ausgelöst, bis die barmherzige Königin ihr Wort gab, dass seine Eckzähne nicht mehr gefährlich seien.

»Er hat nur noch diesen fauligen Atem«, gab Flora Pip gegenüber zu, »aber es wäre sehr unhöflich, das auszusprechen – und ich wette, Miss Watkyns wird ihm bestimmt eine Zahnbürste geben.«

Schnerge haben ein verzeihendes Herz. Sobald sie verstanden hatten, dass das Menschenfressermonster keine Gefahr darstellte, hießen sie Golitho willkommen – sie traktierten ihn so lange mit Kuchen und Nettigkeiten, dass er völlig überwältigt war und man ein extragroßes Taschentuch suchen musste, um den Sturzbach seiner Tränen aufzufangen.

Die Kinder verließen die Stadt der Schnerge auf dem Rücken von Zimtbären, flankiert von Straußenreitern. Sie hatten verständlicherweise Hoffnung gehabt, in dieser Form auch die Kiesauffahrt zum Waisenhaus hochzukommen, bewundert und beneidet von allen anderen Waisenkindern, doch in diesem Punkt wurden sie leider enttäuscht. Miss Watkyns war über ihre Ankunft vorgewarnt worden und hatte eilig dafür gesorgt, dass die anderen Kinder mit Mister Gribblestone unten am Strand waren, wo sie eine Stunde zum Thema geologische Steinformationen genießen durften.

So angenehm es war, wieder die Schreie der Möwen zu hören und den vertrauten Duft von Rosmarin, Lavendel und Meersalz einzuatmen, so sehr spürten Pip und Flora doch ein gewisses Flattern im Bauch. Es schien ihnen sehr lange her, dass sie Captain Vanderdeckens Blaskapelle gestört hatten. Dafür hatten sie sich übrigens längst – und ungefragt – beim Captain und seiner Crew entschuldigt.

»Auf See passieren schlimmere Dinge«, hatte der Captain fröhlich erwidert und dann hatte man ringsum die Hände geschüttelt.

Aber sie mussten noch Miss Watkyns gegenübertreten.

Sie war da gewesen, groß und aufrecht hatte sie dagestanden, um sie an der Eingangstür vom Waisenhaus zu begrüßen. Nach einem schnellen und aufmerksamen Blick in ihre Gesichter, als Pip und Flora von den Zimtbären glitten, hatte sie kurz erklärt, dass sie froh sei, sie wieder heil und gesund in Sunny Bay zu wissen. Neben ihr hatte Miss Scadging gestanden und Golitho angestarrt.

»Oje«, hatte sie gesagt. »Oje, oje. Er ist sich selbst entwachsen, der arme Kerl. Ich muss mit dem Koch reden. Wir werden eine *sehr* große Menge Pudding brauchen.«

Die Kinder waren in die Küche geschickt worden, um sich Milch und Kekse zu holen.

»Und das Gleiche für ihn«, hatte Miss Watkyns mit einem Blick auf Tiger ergänzt.

Pip und Flora hatten sie danach nicht mehr gesehen, weder an diesem Tag noch am folgenden. Zusammen mit den Bären und Straußen war auch Miss Watkyns verschwunden.

»Sie macht einen Besuch«, hatte Miss Scadging unbekümmert gesagt – als ob es das vorher jemals gegeben hätte. »Sie kommt bald zurück.«

Sie will herausfinden, was genau passiert ist«, nahm Pip an. »Und Malicia war schließlich ihre Schwester. Meinst du, es beschäftigt sie, dass Malicia ... tot ist?«

Flora hatte mit den Schultern gezuckt. Sie konnte nicht vergessen, was sie durch das Fernrohr des Captains gesehen hatte. Sollte sie es erzählen? Miss Watkyns hatte Flora nie sprechen hören. Es schien dem Mädchen ein sehr großer Sprung vom monatelangen Schweigen zu *Ich glaube, Ihre Schwester hat sich in eine Fledermaus verwandelt.*

Und nun war Miss Watkyns still und ohne großes Aufsehen zurückgekehrt. Pip, der sich in Mister Gribblestones Rechenstunde abmühte, das Einmaleins zu begreifen, hatte sie die Auffahrt hochkommen sehen. An der einen Hand führte sie eine große schwarze Ziege, an der anderen schwang ein Weidenkorb mit einer großen Kröte. Auch Mister Bunphatt war also nach Sunny Bay zurückgekehrt.

Pip hatte in diesen Tagen nach der Rückkehr im Unterricht eifrig gelernt. Wenn er je noch mal einem Wobser begegnen sollte, wollte er nicht mehr Flora brauchen, um ihn zu retten: Er würde jetzt selber rechnen. Und nachdem niemand wusste – zumindest nicht sicher –, wann sie wieder mal die Buchstaben an einem Hexenhaus würden entziffern müssen, hatte er auch besser lesen gelernt.

»Man könnte meinen, er ist ein anderer Junge«, hatte Mister Gribblestone zu Miss Scadging gesagt.

»Und Flora hat ihre Stimme wiedergefunden«, ergänzte Miss Scadging. »Das zeigt einmal mehr, dass man bei Kindern nie aufgeben darf.«

Den Anweisungen folgend, die Miss Watkyns gegeben hatte, behielt sie auch stets Golitho im Auge. Das neueste Waisenkind in Sunny Bay hatte nämlich ein paar Probleme verursacht – es gab keine Möbel, die für ihn passten, ganz zu schweigen von Kleidung, und er vertilgte jeden Tag mehr als fünfundzwanzig Kilo Vanillepudding. Im Moment war er draußen im Garten und saß, mit einem Kranz aus Gänseblümchen in seinen Haarranken, im Gras. Einige der kleineren Mädchen zeigten ihm Abklatschspiele – und er sabberte inzwischen fast gar nicht mehr.

»Es ist wahr«, entschied Miss Scadging. »Wir können uns alle ändern.«

Aber an diesem Morgen, beim Anblick von Miss Watkyns, war Pip beim Einmaleins nicht bei der Sache. Auf die Rechenstunde folgte Erdkunde und Mister Gribblestone zeigte auf ihn und wollte die Hauptstadt von Belgien wissen.

»Ähm«, sagte Pip. »Äh …«

Mister Gribblestone seufzte – und genau in diesem Moment kam die Nachricht. Miss Watkyns wollte Pip sprechen.

Als er den leeren Platz neben sich spürte, wünschte sich Pip, dass Flora dort säße. Doch die Mädchen waren draußen und spielten Kricket. Miss Scadging hatte, mit Erlaubnis von Miss Watkyns, den Stundenplan etwas verändert. Es gab jetzt deutlich weniger Sticken und wesentlich mehr Tischlern, Erfinden und Basis-Unterricht in Hühnerhaltung. Auch die Jungs lernten jetzt alle stricken und wie man am besten Kartoffeln röstet.

Pip hörte das Johlen und Jubeln, als jemand eine Sechs warf. Er hörte Floras Stimme, wie sie mitjubelte. Früher hatten die anderen

Mädchen Flora einfach stehen gelassen, weil sie ihr Schweigen seltsam fanden. Inzwischen wollten sie Flora bei ihren Spielen unbedingt dabeihaben. Daran hatte sich Pip noch nicht gewöhnt – *noch* nicht.

Unter einem kleinen Tisch, wo die Sonne nicht so gut hinkam, hockte Mister Bunphatt mit seinen goldenen Augen im Korb.

»Werden Sie ihn wieder zurückverwandeln?« Pip platzte mit der Frage heraus und wünschte sich sofort, dass er den Mund gehalten hätte.

»Das Tier wird in einer feuchten und dunklen Gegend ausgesetzt«, antwortete Miss Watkyns ruhig. »Einer Gegend mit jeder Menge Würmern.« Sie streckte die Hand aus und streichelte die schwarze Katze, die sich in ihren Ellenbogen geschmiegt und zusammengerollt hatte.

Auf einmal gab es in Sunny Bay eine unerwartete Zahl schwarzer Katzen. Sie waren wie aus dem Nichts aufgetaucht – sehr zur Überraschung des Fischers, in dessen Boot sie als jaulender, fauchender und mit den Schwänzen peitschender Haufen gelandet waren, und alle hatten ein ausgefranstes Stück lila Band hinter sich hergezogen.

Wieder zurück an Land, hatten sich die Katzen in der Bucht verteilt, die eine lebte inzwischen beim Metzger, eine beim Bäcker, eine beim Schmied, eine im Gasthof *Zum Hummertopf*. Und zwei waren bei dem Fischer und seiner Frau geblieben. Als mit Pip und Flora eine siebte Katze kam – eine mit Knick im Schwanz und nur einem – grünen – Auge, überraschte Miss Watkyns alle damit, dass sie die Tür öffnete und das Tier willkommen hieß.

Pip sah zu, wie Gubbin seine Wange an der Hand von Miss Watkyns abstrich, als er plötzlich merkte, dass etwas fehlte.

»Der Goldfisch«, sagte er. »Wo ist er geblieben?«

»Im Teich«, erzählte ihm Miss Watkyns. »Heinrich Cornelius brauchte ein interessanteres Leben. Das hast du mir selbst gesagt. Ich muss mich bei dir entschuldigen, Pip.«

Pip blinzelte und rutschte auf seinem Platz herum. Was war los mit Miss Watkyns?

»Ich habe euch erzählt, bestimmte Dinge würde es nicht geben«, fuhr sie fort. »Ich habe euch glauben lassen, dass es bloß Fantastereien seien ...«

»Wobser«, sagte Pip. »Und Hexen ...« Sollte er ihr sagen, dass er ihr Geheimnis kannte? »Sie wussten die ganze Zeit, dass es die wirklich gibt.«

»Ja, tut mir leid«, gestand Miss Watkyns. »Ich wollte euch Sicherheit geben. Ich dachte, was ihr nicht wisst – woran ihr nicht glaubt –, das könne euch auch nichts anhaben. Das war ein Irrtum. Man kann Dinge nicht einfach wegschließen und so tun, als ob es sie nicht gäbe. Man muss ihnen mit tapferem Herzen ins Auge sehen. Das habt ihr mir beigebracht – du, Flora und Gorbo. Genauso wie ihr die Schnerge und Kelpse gelehrt habt, dass sie erst ihre Nachbarn kennenlernen und nicht gleich Schlechtes über sie denken sollen. All das ist mehr wert, als zu wissen, wie die Hauptstadt von Belgien heißt. Du kannst Mister Gribblestone ruhig sagen, dass du diesen Satz von mir hast.«

»Oh ...« Pip spürte, wie er rot wurde. Er überlegte gerade, Miss Watkyns zu fragen, ob sie etwas dagegen hätte, es Mister Gribblestone selbst zu sagen, als plötzlich ein Kricketball durch das offene Fenster flog. Er verfehlte den Kopf von Miss Watkyns um Haaresbreite, störte die Katze und landete mit einem *Klack!* vor Pips Füßen.

»Oh, *Golitho!*«, riefen mehrere Stimmen gleichzeitig.

Miss Watkyns stieß einen Seufzer aus. »Golitho ...«, murmelte sie vor sich hin. »Natürlich.«

Mit seinen langen Armen und Beinen war das Menschenfressermonster ein brauchbarer Spieler, seit er die Regeln begriffen hatte. Alle wollten Golitho in ihrer Mannschaft haben.

»Ist das wirklich der richtige Ort für ihn?«, überlegte Miss Watkyns. »So viele Kinder ...«

»Ist schon in Ordnung«, sagte Pip. »Sie müssen sich keine Sorgen machen. Er hat das Kinderfressen völlig vergessen, seit er Vanillepudding entdeckt hat.«

Pip beugte sich hinab, um den Kricketball aufzuheben – und erstarrte. Der Ball bewegte sich von allein. Er schwenkte höflich um Pips Füße herum, stieg dann in die Luft, hing dort kurz in der Schwebe, schoss zurück aus dem Fenster und landete mit einem neuerlichen *Klack!* auf Golithos Schläger. Pip sah Miss Watkyns an. Sie saß ganz still und gefasst da und streichelte die schwarze Katze. Pip machte den Mund auf und schloss ihn dann wieder. Manchmal ist es besser zu schweigen – Worte passen in solchen Momenten einfach nicht.

Miss Watkyns schob ihren Stuhl zurück, trat ans Fenster und schaute zu den Kricketspielern hinab, die nach der Rückkehr des Balls ziemlich still geworden waren.

»Flora«, rief sie, »könntest du bitte mal raufkommen. Ich habe dir etwas zu sagen.«

Rot geworden und ganz außer Atem, trat Flora in Miss Watkyns' Zimmer, mit Tiger dicht auf den Fersen. Der Welpe warf einen kurzen Blick auf die Katze und schon flog er in einem Wirbel aus Fell und Wut auf den Schreibtisch zu. Doch Miss Watkyns sah ihn mit einem strengen Blick und hochgezogenen Augenbrauen an und er sackte, den Schwanz eingeklemmt zwischen den Beinen, wieder zurück auf den Boden.

»Es gibt nicht viele Regeln hier in Sunny Bay«, erklärte ihm Miss Watkyns, »aber einige müssen bleiben. Allzeit gute Manieren gegenüber Katzen ist eine davon. Versuche dich bitte freundlicherweise daran zu halten.«

Während sich Tiger fortschlich und hinter Floras Füßen versteckte, sah Miss Watkyns die Kinder an.

»Ich habe etwas für euch beide«, erklärte sie ihnen. »Von den Schnergen.«

Sie schob etwas über den Schreibtisch.

»*Oh!*«, rief Pip. »Das ist doch …«

»Der Königinnen-Keks.« Flora sprach den Namen für ihn aus.

Miss Watkyns nickte. »Ihr habt eine Einladung bekommen. Vielleicht möchte Pip sie ja vorlesen.«

Pip stand auf und nahm ihr den Keks ab. Er fühlte sich leicht und knusprig zwischen den Fingern an und die Botschaft war wunderschön in königlichem Zuckerguss geschwungen. Ganz vorsichtig, um den Keks ja nicht kaputt zu machen, legte er ihn auf den Boden, bevor er sich umdrehte und den Kopf zwischen die Beine steckte. Die Waisenkinder in Sunny Bay hatten Gorbos Art, schwierige Wörter zu entziffern, schnell übernommen. Mit einer Klasse voller Kinder konfrontiert, die alle kopfüber standen, hatte Mister Gribblestone jeden Versuch aufgegeben, das Ganze zu unterbinden.

»Ist ja irgendwie körperliche Ertüchtigung«, hatte er diesen Mangel an Disziplin gegenüber Miss Scadging gerechtfertigt. »Und eine ordentliche Durchblutung des Kopfs ist bekanntlich gut fürs Hirn.«

Pip hörte das Blut in den Ohren rauschen, während er stirnrunzelnd die in Zuckerguss geschriebenen Worte betrachtete. Sein Name und der von Flora waren leicht zu erkennen – und das eine Wort da hieß Königin, das wusste er genau. Und einen Teil des Rests konnte er erraten.

»Ihre Majestät, die barmherzige Königin der Schnerge …«

Weiter kam er nicht. Tigers Gedächtnis, was Verbote anging, war kurz. Mit zuckender Nase schlängelte er sich zwischen Floras Füßen vor und sprang. In Sekundenschnelle waren von der königlichen Einladung nur noch ein paar Krümel übrig.

»Oh, *Tiger*!«, riefen Pip und Flora gemeinsam in vorwurfsvollem Ton.

»Zwischen den Mahlzeiten essen«, sagte Miss Watkyns, »ist –«

»Gegen die Regeln?«, schlug Flora vor.

»Nicht empfehlenswert«, sagte Miss Watkyns. »Ich wage zu behaupten, er wird alles wieder hochwürgen.«

»Aber selbst dann können wir die Nachricht nicht mehr lesen«, meinte Pip traurig.

»Es ist noch nicht alles verloren«, erklärte ihnen Miss Watkyns. »Ich weiß, was da stand. Ihr zwei seid zum Fest der Königin eingeladen. Gorbo soll, egal wie töricht er sich auch angestellt hat, für seinen Mut und die Loyalität seinen Freunden gegenüber mit der

Muskatnuss in Messing ausgezeichnet werden. König Kul hat ihn zum Ehrbaren Ritter Fahrig, Sir Gorbo, der Gourmetschlemmer, ernannt. Man hat versucht, sein Gewicht in Schnüren aufzuwiegen, doch es ließen sich nicht ausreichend Schnüre finden.«

»Wann brechen wir auf?«, wollte Pip wissen.

»Jetzt«, antwortete Miss Watkyns, als ein Horn erklang. »Die Königin hat alles für die Reise vorbereitet.«

Die Kinder rutschten von der Bank und rannten zum Fenster. Draußen in dem von goldenem Sonnenlicht beschienenen Garten war das Kricketspiel vergessen. Eine Schar von Kindern beobachtete mit offenem Mund, wie ein Strauß geschickt zwischen den Ebereschen hervortrat. Auf seinem Rücken saß Pompo und blies mal wieder sein Horn. Hinter ihm kamen zwei Zimtbären gezottelt. Auf dem Rücken des einen hüpfte Gorbo – und grinste von einem Ohr zum andern.

»Gorbo!« Pip und Flora rannten zur Tür. Flora erreichte sie als Erste, doch plötzlich blieb sie stehen, drehte sich um und sah Miss Watkyns an.

»Ich hab etwas ... es gibt etwas, was ich Ihnen geben wollte«, sagte sie. Sie fasste in ihre Tasche und streckte danach die Hand aus. Von ihren Fingern baumelten eine Kette aus Korallenperlen und ein halbes silbernes Herz. »Sie ... jemand hat mir das geschenkt. Aber ich finde, *Sie* sollten es haben.«

»Danke, Flora.« Miss Watkyns' Gesichtsausdruck war schwer zu deuten, als sie die Kette in die Hand nahm. Sie schloss den Schrank auf und holte eine alte, verbeulte Blechdose hervor – in der einmal zwei Babys an den Strand gespült worden waren. Sie öffnete den Deckel der Dose und zog etwas heraus. »Sie waren sehr lange getrennt«, sagte sie.

Auf ihrer Handfläche lagen jetzt beide Herzhälften – die eine wunderschön blank und glänzend, die andere stark angelaufen und grün.

»Niemand«, sagte Miss Watkyns, »wird geboren, um immer nur Gutes oder immer nur Böses zu tun. Es gibt mehr als eine Seite bei jedem Herzen. Wichtig ist nur, welcher Seite du erlaubst, dich zu beherrschen.« Sie schloss die Dose wieder ein und lächelte die Kinder an. »Lasst eure Freunde nicht warten. Es ist Zeit aufzubrechen.«

»Aber wir kommen doch wieder zurück?«, sagte Pip plötzlich beunruhigt. »Oder?«

»Andere Orte sind interessant«, stimmte ihm Flora zu. »Aber hier gehören wir hin – nach Sunny Bay.«

»Der Tag wird kommen«, warnte sie Miss Watkyns, »da wird das Waisenhaus zu klein für euch werden. Wie Heinrich Cornelius werdet auch ihr irgendwann tieferes Wasser zum Schwimmen brauchen.«

»Aber jetzt noch nicht«, sagte Pip. »Noch lange nicht.«

»Noch nicht«, stimmte ihm Miss Watkyns zu.

Und die Kinder erschraken, als sie sich zu ihnen beugte und beide kurz in die Arme nahm. »Geht«, befahl sie. »Reitet Bären, tanzt auf Tischen, esst Kuchen im Mondlicht. Und dann kommt nach Hause.«

Danksagung

Ich mag eigentlich keine langen Danksagungen – wer liest die, außer dem, dem du vergessen hast zu danken? –, aber ohne bestimmte Menschen hätte ich mich nie ins Schnergenland verirrt.

Dieses Buch verdankt sein Dasein Mister Wyke-Smith, der als Erster Gorbo und Golitho, Mutter Meldrum und Miss Watkyns Leben eingehaucht hat. Ich hoffe sehr, er würde mir die Freiheiten verzeihen, die ich mir genommen habe – und das, was ich mit Baldry gemacht habe.

Mein aufrichtiger Dank an Barry Cunningham und Rachel Leyshon bei Chicken House, dass ihr mich mit den Schnergen bekannt gemacht habt – es war eine große Ehre. Ein Dank auch an das ganze Chicken-House-Team, besonders an Rachel L und Laura Myers für das Entwirren der Knoten in meinem Kopf und an Elinor Bagenal für die schwere Arbeit, Gorbo, Pip und Flora in eine Welt hinauszuschicken, die verschlossen war.

Dank schulde ich auch der Society of Authors für ihre Unterstützung in einer schwierigen Zeit sowie den ehemaligen und gegenwärtigen Mitgliedern der SCWBI-Gruppe Southampton für ihre Freundschaft und Unterstützung. Ein besonderer Dank gilt meiner geduldigen Agentin Jenny Savill und ebenso Pauline und Tim Prentki, dass sie mich in der Ruhe und Stille ihres wunderbaren Hauses arbeiten ließen, während meine Schildkröte in ihren Blumenbeeten wütete.

Auslassen darf ich auch Jeremy nicht, den Roboter-Erfinder und Fledermaus-Aufspürer, der mich über die Jahre vor Wobsern schützte und den Schnergen unwissentlich ihre Begeisterung für Schnüre schenkte.

Und zu guter Letzt noch ein Dank den Schnergen selbst – es war wunderbar mit euch.

Veronica Cossanteli
Im kleinen wilden Schnergenland
978 3 522 18580 6

Aus dem Englischen von Uwe-Michael Gutzschhahn
Gesamtgestaltung: Paddy Donnelly
Innentypographie: Tanja Haaf
Reproduktion: HKS-Artmedia, Ostfildern
Druck und Bindung: Livonia Print, Riga

FSC www.fsc.org MIX Papier aus verantwortungsvollen Quellen FSC® C002795

Die Originalausgabe erschien unter dem Titel *The Marvellous Land of Snergs*
bei Chicken House Publishing Ltd, UK

3. Auflage 2021